अशोक कुमार

जन्म : नवम्बर, 1964 में हरियाणा के पानीपत जिले के ग्राम कुराना में।

शिक्षा : प्रारम्भिक शिक्षा गाँव के ही सरकारी स्कूल में सम्पन्न हुई तथा प्रतिष्ठित संस्थान आई.आई.टी., दिल्ली से बी.टेक एवं एम.टेक की उच्च शिक्षा प्राप्त की।

वर्ष 1989 में भारतीय पुलिस सेवा में आए। अपने दो दशक के सेवाकाल में वे इलाहाबाद; अलीगढ़; रुद्रपुर; चमोली; हरिद्वार; शाहजहाँपुर; मैनपुरी; नैनीताल; रामपुर; मथुरा; पुलिस मुख्यालय, देहरादून; पुलिस उपमहानिरीक्षक गढ़वाल परिक्षेत्र एवं कुमायूँ परिक्षेत्र के पदों पर नियुक्त रहे। उन्होंने सी.आर.पी.एफ. एवं बी.एस.एफ. में भी पाँच वर्षों की अपनी सेवाएँ दीं। वर्तमान में पुलिस महानिदेशक, उत्तराखंड के पद पर कार्यरत हैं।

सम्मान : वर्ष 2001 में कोसोवो में उत्कृष्ट कार्य के लिए 'यू.एन. मिशन पदक' एवं वर्ष 2006 में सराहनीय सेवाओं के लिए महामहिम राष्ट्रपति द्वारा 'पुलिस पदक'(PM) से सम्मानित। वर्ष 2013 में महामहिम राष्ट्रपति द्वारा 'उत्कृष्ट सेवा पदक' (PPM) से सम्मानित।

प्रकाशन : *खाकी में इंसान, भारत की आन्तरिक सुरक्षा की चुनौतियाँ, सिविल सेवा परीक्षा : आपकी मुठ्ठी में*।

ई-मेल : ashokips89@gmail.com
वेब : www.ashokkumarips.com

लोकेश ओहरी

लेखन, शिक्षा एवं कला से जुड़े, बहुआयामी व्यक्तित्व के धनी लोकेश ओहरी ने हाइडलबर्ग विश्वविद्यालय, जर्मनी से डॉक्टरेट की उपाधि प्राप्त की। आप *विरासत, रीच* व *इटैक* से भी जुड़े हैं।

प्रकाशन : *खाकी में इंसान, Till Kingdom Come, Upper Ganga Region, Cultural Resource Mapping* ।

खाकी में इंसान

अशोक कुमार

साथ में लोकेश ओहरी

राजकमल पेपरबैक्स

[इस पुस्तक में व्यक्त किए गए विचार पूर्णत: लेखक के हैं न कि सरकार के या पुलिस विभाग के या प्रकाशक के।]

राजकमल पेपरबैक्स में
पहला संस्करण : 2011
सातवाँ संस्करण : 2023

राजकमल पेपरबैक्स : उत्कृष्ट साहित्य के जनसुलभ संस्करण

राजकमल प्रकाशन प्रा.लि.
1-बी, नेताजी सुभाष मार्ग, दरियागंज
नई दिल्ली-110 002
द्वारा प्रकाशित

शाखाएँ : अशोक राजपथ, साइंस कॉलेज के सामने, पटना-800 006
पहली मंजिल, दरबारी बिल्डिंग, महात्मा गांधी मार्ग, प्रयागराज-211 001
वेबसाइट : www.rajkamalprakashan.com
ई-मेल : info@rajkamalprakashan.com

बी.के. ऑफसेट
नवीन शाहदरा, दिल्ली-110 032
द्वारा मुद्रित

मूल्य : ₹ 199

छायाकार : चंचल

KHAKI MEIN INSAN
by Ashok Kumar with Lokesh Ohri

ISBN : 978-81-267-2024-8

समर्पित

इंसानियत की सेवा करने वाले खाकी पहने
उन सभी पुलिस कर्मियों को जिनके साथ कार्य कर
मैं इस पुस्तक को लिख पाया

और

माँ को, जिन्होंने मुझे जिन्दगी की शुरुआत से ही
असहाय लोगों की सहायता करने की सीख दी

एवं

अर्द्धांगिनी अलकनन्दा को, जिसके बिना यह पुस्तक
मेरी निजी डायरी तक ही सीमित रह जाती

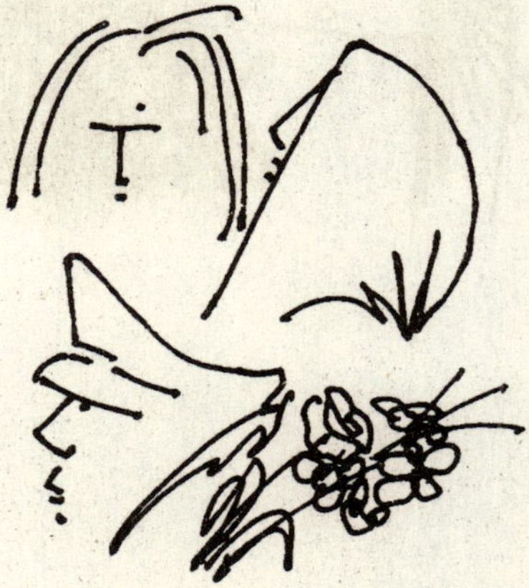

अनुक्रम

आमुख

यह एक दिलचस्प तथ्य है कि आजादी के पहले आई.सी.एस. अफसरों ने वनस्पतियों, जनजातियों तथा इतिहास के क्षेत्र में बहुत महत्वपूर्ण काम किया है। जार्ज आरवेल को छोड़ दें तो किसी भी आई.पी. अफसर का उल्लेखनीय काम नहीं दिखायी देता। संभवतः ऐसा इसलिये हुआ कि अंग्रेजों ने आई.सी.एस. के बरक्स आई.पी. अधिकारियों की बौद्धिक क्षमताओं को काफी कमतर रखा। शायद उन्हें अपना शासन चलाने के लिये संवेदनशील और पढ़े-लिखे पुलिस अधिकारियों की आवश्यकता नहीं थी। आजादी के बाद स्थिति तेजी से बदली है। आई.ए.एस. और आई.पी.एस. अधिकारियों के शैक्षणिक और बौद्धिक स्तरों में समानता आते ही दोनों की रचनात्मक उपलब्धियों में भी फर्क मिटता नजर आने लगा है। यह भी कहा जा सकता है कि आई.ए.एस. के मुकाबले ज्यादा आई.पी.एस. अधिकारी इस समय लेखन की दुनिया में सक्रिय हैं। ऐसा संभवतः आई.पी.एस. अधिकारियों को मिल सकने वाले विविध अनुभवों के कारण संभव हो सका है। भाषा, शिल्प और गुणवत्ता के लिहाज से पुलिस लेखकों की कृति किसी भी कसौटी पर कसी जा सकती है।

आज के नए लेखन में जीवन के अलग-अलग कार्य क्षेत्रों से आये लेखक विशाल हिन्दी पाठक समुदाय का ध्यान अपनी तरफ आकर्षित कर रहे हैं। ये लोग अपने साथ उन अनुभवों को लेकर आए हैं जिनसे हिन्दी का औसत लेखक अभी तक अपरिचित रहा है। इन लेखकों की वजह से भाषा में वैविध्य बढ़ा है और यह अधिक समृद्ध भी हुयी है। इन्हीं में से कुछ लेखक पुलिस के पेशे से भी आये हैं। खाकी में इंसान पढते हुये कहीं भी ऐसा नहीं लगता है कि यह लेखक की पहली रचना है। कहीं से भी कोई झोल नजर नहीं आता।

अशोक कुमार के दो दशकों के पुलिस जीवन से प्राप्त अनुभवों पर आधारित यह छोटी सी पुस्तक खाकी में इंसान एक उम्दा लेखन की मिसाल है। जेलों, थानों तथा पुलिस कार्यालयों के इर्द-गिर्द बिखरा हुआ जीवन

कितना दिलचस्प और चुनौती पूर्ण हो सकता है, इसे अशोक के अनुभवों को पढ़कर समझा जा सकता है। अशोक ने अपने लेखन के लिये एक सपाट भाषा विकसित की है जो हमें उनके पात्रों से तादात्म्य स्थापित करने में मदद करती है। दरअसल हाल के वर्षो में पुलिस अधिकारियों की एक ऐसी पीढ़ी तैयार हुयी है जो पुलिस को अधिक मानवीय और संवेदनशील बनाना चाहती है। अशोक का लेखन ऐसे ही पुलिस कर्मियों की छटपटाहट का उदाहरण है। इसमें आप एक ऐसे पुलिस अधिकारी की जिद भी पायेंगे जो अपनी कर्तव्यनिष्ठा और मनुष्यता के साथ सही अर्थों में जनता की सेवा करना चाहता है।

–विभूतिनारायण राय

कुलपति,

महात्मा गाँधी अंतर्राष्ट्रीय हिन्दी विश्वविधालय, वर्धा

प्राक्कथन

यह मेरा सौभाग्य ही था कि हरियाणा के एक छोटे से गाँव से उठकर मुझे दुनिया के सर्वश्रेष्ठ तकनीकी संस्थानों में से एक आई.आई.टी. दिल्ली में पढ़ने का मौका मिला। गाँव से आई.आई.टी. तक के सफर ने मुझे यह सोचने पर मजबूर कर दिया कि भारतवर्ष दो परस्पर विरोधी धाराओं में विकसित हो रहा है। ऐसे में मैं कोई ऐसी नौकरी करना चाहता था, जिसमें देश सेवा के ज्यादा अवसर हों, जिसमें गरीबी में जी रहे करोड़ों लोगों की मदद करने का मौका मिल सके, देश के आम नागरिकों तक पहुँच कर उनकी समस्याओं का समाधान किया जा सके, मैं सीधे आम आदमी से जुड़ कर उनके लिए काम करना चाहता था। इन्हीं आदर्शों को लेकर मैनें इंजीनियरिंग कैरियर छोड़कर भारतीय पुलिस सेवा ज्वाइन की थी।

जब मैं अत्यन्त उत्साह से भरा ट्रेनिंग के लिए राष्ट्रीय प्रशासनिक अकादमी, मसूरी पहुँचा तो मुझे अपने आदर्शों के कई मिथक ढहते नजर आए। शुरू में तो मुझे एक धक्का सा लगा परन्तु मैं जल्दी सम्भल गया और मैंने अपने इरादों को कमजोर नहीं होने दिया। पुलिस सेवा के दौरान आई अनेकों विपरीत परिस्थितियों के बावजूद मैं अपने आदर्शों को बनाये रखने में कामयाब रहा और लोगों की मदद करने के अपने मूलभूत सिद्धान्तों पर चलने की कोशिश करता रहा। साथ ही मानवीय भावनाओं से प्रेरित अनेकों कार्यों में से कुछ को अपनी डायरी में भी सँजोता रहा...जिन्होंने अब इस पुस्तक का रूप ले लिया है।

अपने पूरे कैरियर में मेरी कोशिश रही है कि मैं प्रत्येक पीड़ित की समस्या को ध्यान से सुनूँ, उसकी पीड़ा को इन्सान के नजरिए से महसूस करूँ और उसको थाने एवं कोर्ट-कचहरी के अनावश्यक दाँव-पेंचों में फँसने से बचाकर जल्दी से जल्दी न्याय दिलवाऊँ।

आज बीस साल की पुलिस सेवा के बाद, जब मैं पीछे मुड़कर देखता हूँ और अपने कार्यों को आदर्शों के सापेक्ष रखता हूँ, तो पाता हूँ कि मेरा भारतीय पुलिस सेवा में आना निरर्थक नहीं रहा। मसूरी व इलाहाबाद के वे

शुरुआती दिन मुझे आज भी याद हैं, जब मुझे लगता था कि कहीं मैं अभिमन्यु की तरह किसी चक्रव्यूह में तो नहीं फँस गया हूँ? खाकी में बने रहकर इंसानियत बचाए रखी जा सकती है या नहीं? परन्तु धीरे-धीरे संशय के बादल छँटते चले गए और अब मैं यह कहने की स्थिति में हूँ कि पुलिस व्यवस्था के अन्दर रहते-रहते मैं बहुत से असहाय लोगों को न्याय दिलाने में कामयाब रहा हूँ, बहुत लोगों की जिन्दगी बदल पाया हूँ, बहुत से अपराधियों एवं सफेदपोशों को दण्ड दिलाने में मेरी भूमिका रही है...तो यह अनुभूति आत्म-सन्तुष्टि प्रदान करती है।

ज्यों-ज्यों मैं पुलिस सेवा में आगे बढ़ता गया, मेरा यह विश्वास और भी पक्का होता चला गया कि व्यवस्था में कोई कमी नहीं है। सिस्टम तो मानवता की सेवा के लिए ही बना है। वो तो सिस्टम को चलाने वाले लोग हैं जिन्होंने इसे निजी स्वार्थों की पूर्ति हेतु तोड-मरोड़ डाला है। यदि अच्छी पुलिस व्यवस्था दी जाए तो बहुत से ऐसे लोगों को न्याय दिलाकर उनकी जिन्दगी में बदलाव लाया जा सकता है, जिनके पास न तो पैसा है और न ही ऊँची पहुँच। यद्यपि आज व्यवस्था में कुछ खामियाँ आ गई हैं, तथापि मेरा मानना है कि अभी भी आम आदमी को न्याय दिला पाना असम्भव नहीं है। यदि ऊँचे पदों पर बैठे लोगों में दृढ़ इच्छाशक्ति हो, इंसानियत के नजरिये से सोचने की क्षमता हो और कुछ कर दिखाने का जज़्बा हो...तो यही व्यवस्था लोगों की मदद करने में बहुत ही कारगर सिद्ध हो सकता है।

पुलिस को बनाया गया है समाज में सुरक्षा की भावना पैदा करने के लिए, अनुशासन स्थापित करने के लिए तथा समाज द्वारा बनाये गए मूल्यों को स्वीकार न करने वाले बिगड़े हुए अपराधियों को दण्डित कराने और गरीबों-असहायों को न्याय दिलवाने के लिए। एक अच्छे पुलिस अधिकारी को अपना कोई भी कदम उठाने से पहले कुछ सवाल खुद से पूछने चाहिए... क्या उसके कदम समाज के हित में हैं...क्या इससे पीड़ितों को मदद मिलेगी...क्या ऐसा करने से दुष्टों को दण्ड मिलेगा और अच्छे लोगों को राहत मिलेगी? यदि इन सवालों के उत्तर सकारात्मक हैं, तभी वह एक अच्छा पुलिस अधिकारी बन सकता है। जहाँ तक मैं समझता हूँ, एक अच्छे पुलिस

अधिकारी में ईमानदारी, निष्पक्षता, परिश्रम, लगन, कर्तव्यनिष्ठा आदि गुण तो होने ही चाहिए...परन्तु इन सबसे ऊपर उसमें गरीबों की, पीड़ितों की, दबे हुए लोगों की मदद करने की दृढ़ इच्छाशक्ति भी होनी चाहिए...मामले को गहराई तक जाकर देखने व समझने का विवेक होना चाहिए...इंसानियत के नजरिये से सोचने की तथा अपने अच्छे कृत्यों द्वारा लोगों का विश्वास जीतकर आम आदमी तक पहुँच बनाने की क्षमता होनी चाहिए।

इस किताब का उद्देश्य मेरे द्वारा किए गए कार्यों का लेखा-जोखा प्रस्तुत करना नहीं है इसका उद्देश्य तो यह दिखाना है कि कैसे हर समस्या को मानवीय दृष्टिकोण से देखा व समझा जा सकता है, उसका समाधान किया जा सकता है और कैसे समाज का दृष्टिकोण पुलिस व्यवस्था के प्रति सकारात्मक बनाया जा सकता है। यह किताब पढ़कर जहाँ एक ओर कर्तव्यनिष्ठ पुलिस-कर्मियों जनता की जरूरतों के मुताबिक अच्छे काम करने की प्रेरणा मिलेगी, वहीं दूसरी और आम आदमी को अपने अधिकारों का एहसास होगा...वे रास्ता-भटके पुलिस-कर्मियों को बता सकेंगे कि पुलिस कैसे उनके हित में अच्छे कार्य भी कर सकती है। इस किताब के माध्यम से मैंने यह बताने की कोशिश की है कि यदि हम मानवीय संवेदनाओं को बनाए रखें एवं हर समस्या को मूलभूत इंसानियत के नज़रिए से देखें तो कैसे पूरी व्यवस्था को और अधिक प्रभावशाली बनाया जा सकता है...पुलिस को कैसे आम आदमी की जरूरतों के प्रति और अधिक जिम्मेदार बनाया जा सकता है।

इस किताब में कुछ वास्तविक घटनाओं पर आधारित कहानियों के जरिए यह दर्शाने का प्रयास किया गया है कि अच्छी पुलिस व्यवस्था से सचमुच गरीब और असहाय लोगों की ज़िन्दगी में फर्क लाया जा सकता है। ये घटनाएँ कहानियों के रूप में बयान की गई हैं जिनमें पुलिस के सामने आने वाली परिस्थितियों को चुनौतियाँ मानते हुए, उन्हें संवेदनशील-मानवीय हृदय की गहराइयों से निपटाया गया है तथा उनके बहुत सुखद परिणाम सामने आए हैं।

यह किताब न तो आत्मकथा है और न ही किसी प्रकार का अनुसंधान कार्य...इसका उद्देश्य किसी प्रकार का उपदेश देना भी नहीं है। किताब में

वास्तविक घटनाओं का वर्णन इस उम्मीद के साथ किया गया है कि समाज में लोगों को एक अच्छा इंसान बनने की प्रेरणा मिल सके। इन घटनाओं को काल्पनिकता का जामा पहना कर सनसनीखेज कहानियों में भी बदला जा सकता था, लेकिन अपने अनुभवों को सीधे प्रस्तुत करने का विकल्प मैंने इसलिए चुना ताकि घटनाओं की प्रामाणिकता बनी रहे और पाठक के साथ मेरा सीधा संवाद स्थापित हो सके।

इस किताब को लिखे जाने में मेरे वरिष्ठ अधिकारियों तथा मेरे साथी एवं अधीनस्थ पुलिस अधिकारियों की भी उतनी ही भूमिका है जितनी मेरी... क्योंकि उनके बिना मेरे द्वारा उठाये गए कदम सम्भव ही नहीं हो पाते।

किताब में कई स्थानों और व्यक्तियों के नाम बदल दिए गए हैं; कहीं-कहीं घटनाओं में भी थोड़ा-बहुत बदलाव कर दिया गया है जिससे कि किसी की भावनाओं को ठेस न पहुँचे तथा इसकी वस्तुनिष्ठता भी बनी रहे।

मुझे उम्मीद है कि यह किताब पढ़कर आम आदमी अपनी समस्याओं को सुलझाने हेतु पुलिस तक जाने में संकोच नहीं करेगा। इसे पढ़कर लोगों को विश्वास होगा कि आखिर खाकी वर्दी पहने पुलिस वाले भी इंसान हैं...उनमें भी मानवीय संवेदनाओं से भरा दिल है...उनको भी एक अपहृत बच्चे को छुड़वाकर उसके माँ-बाप को सौंपने में, एक भयभीत परिवार को वसूली-माफिया से छुटकारा दिलाने में, दबंगों द्वारा प्रताड़ित असहाय महिला को न्याय दिलाने में अथवा एक निर्दोष को जेल जाने से बचाने में अपार खुशी होती है...और शायद यही इंसान का सबसे आदिम और मूलभूत धर्म है।

मैं अपने प्रयास में कितना सफल हुआ हूँ, इसे तो सुधी पाठक ही पढ़कर बताएँगे। पाठकों से मेरा आग्रह है कि वे अपनी निष्पक्ष राय भेजकर इस किताब का सही मूल्यांकन करेंगे। अंततः कोई भी पुस्तक पाठकों के पास पहुँच कर उनकी ही तो रचना बन जाती है।

बड़ी उम्मीदों के साथ,

—अशोक कुमार

दूसरे संस्करण के बारे में

पुस्तक का द्वितीय संस्करण हिन्दी-जगत के शिखर पर बैठे राजकमल प्रकाशन द्वारा छापे जाने पर मुझे अपार प्रसन्नता की अनुभूति हो रही है। यह किताब पाठकों में अत्यन्त लोकप्रिय रही जिसके लिए मैं उनका अत्यन्त आभारी हूँ। मुझे पाठकों की अनेक प्रतिक्रियाएँ भी हिन्दी में, अंग्रेजी में–ईमेल द्वारा–ब्लॉग से तथा फेसबुक के माध्यम से मिलीं। उससे पता चलता है कि उन्होंने इस संजीदा विषय में कितनी अधिक रुचि ली है।

दो तरह की शंकात्मक टिप्पणियाँ भी मुझे देखने को मिलीं–एक तो यह कि 'नहीं, पुलिस इतनी अच्छी नहीं हो सकती', दूसरी यह कि 'इस किताब में सिर्फ उपलब्धियों की कहानियाँ' ही कही गई हैं। जो पहली बात है उस बारे में मुझे सिर्फ यह कहना है कि 'पुलिस इतनी अच्छी हो ही नहीं सकती'–यह कहना गलत है–यदि यह कहा जाए कि इतनी अच्छी आमतौर पर नहीं होती है, तो यह सच्चाई के ज्यादा नजदीक होगा, पर यह भी सच है कि यदि पुलिस एवं जनता द्वारा मिलकर प्रयास किए जाएँ तो पुलिस इतनी अच्छी भी हो सकती है। दूसरी टिप्पणी कि इस पुस्तक में सिर्फ उपलब्धियों की कहानियाँ ही लिखी गई हैं, इस बारे में यह कहना चाहूँगा कि यह सच है कि मेरे जीवन में भी ऐसे अवसर आए हैं जब मैं चाहकर भी–खूब मेहनत करने के बाद भी–किसी मामले को वर्क आउट करने में सफल नहीं हो पाया हूँ–परन्तु मैंने ऐसी कहानियों को इस पुस्तक के लिए इसलिए नहीं चुना क्योंकि मैं सोचता हूँ कि नकारात्मकता फैलाने की अपेक्षा सकारात्मक दृष्टिकोण रखना ज्यादा अच्छी बात है।

मुझे पूरी उम्मीद एवं विश्वास है कि राजकमल प्रकाशन से प्रकाशित होने के बाद यह पुस्तक और ज्यादा जगह उपलब्ध होगी और मुझे पाठकों की और ज्यादा प्रतिक्रियाएँ पढ़ने को मिलेंगी।

–अशोक कुमार

एक बँधी हुई लीक
और सामन्ती मर्यादा के गोल-गोल दायरे...
इन्हीं पर चलते हैं लोग
चलने की सीख देते हैं लोग !

किन्तु...
बँधी हुई लीक को तोड़ना-
सामन्ती मान-मर्यादाओं के दायरे से बाहर आना
और एक इन्सान के नज़रिये से सोचना...

मेरा कहना है-
पुलिस की वर्दी में होते हुए भी
इन्सान बने रहना...
इतना मुश्किल तो नहीं ? !

('मेरी डायरी' से–31 मार्च, 1990)

1

लीक से हटकर इंसाफ की एक डगर

उत्तर प्रदेश का शाहजहाँपुर जिला कई विशेषताओं के लिए जाना जाता है। एक ओर उत्तर में घने जंगलों से घिरा हुआ, अतीत में दलदल के रूप में प्रसिद्ध तराई का क्षेत्र है, जिसे मेहनतकश सिक्ख किसानों ने अपने खून-पसीने से सींच कर स्वर्ग बना डाला है, दूसरी ओर दक्षिण में रामगंगा की कटरी है, जो कलुआ जैसे कुख्यात डकैतों के गिरोहों एवं खूंख्वार अपराधियों की शरण-स्थली रही है। यदि इस बात की गहराई में जाया जाय कि इस क्षेत्र में इतने अपराधी क्यों पैदा होते हैं तो इसके पीछे कहीं न कहीं गाँव के लोगों द्वारा छोटी-छोटी बातों को लेकर की जाने वाली लड़ाइयाँ, जाति और वर्णगत संघर्ष तथा गाँव में फैली सामन्तशाही जिम्मेदार है। इन्हीं बातों ने गाँव की नौजवान पीढ़ी के बीच एक घुटन भरा माहौल पैदा कर दिया है जो उन्हें गाँव छोड़कर भागने के लिए मजबूर करता रहा है। जो नौजवान गाँव या आसपास के इलाकों में ठहरे रह जाते हैं, उनमें से कुछ डकैत और कुख्यात अपराधियों के जाल में फँसकर खुद भी उनके पदचिह्नों पर चलने लगते हैं।

एक और बात जो शाहजहाँपुर के बारे में सबसे अधिक ध्यान आकृष्ट करती है, वह है यहाँ के लोगों का शस्त्र-प्रेम। जब भी आप सड़कों से गुजरते हैं, दर्जनों लोग बन्दूकें लिए, कई तरह के वाहनों पर सवार आते-जाते दिखाई देते हैं। इस सबके बावजूद उल्लेखनीय बात यह है कि यहाँ के निवासी सम्भ्रान्त, मृदुभाषी एवं सुसंस्कृत हैं।

देश की आजादी की लड़ाई में भी शाहजहाँपुर का अपना विशिष्ट स्थान रहा है। यहाँ का हर नागरिक अपनी मिट्टी में पले-बढ़े दो महान शहीदों, अशफ़ाक़ उल्ला और रामप्रसाद बिस्मिल की आजादी की लड़ाई में क्रांतिकारी भूमिका को याद कर खुद को गौरवान्वित महसूस करता है।

वर्ष 1997 में जब मैं शाहजहाँपुर में पुलिस अधीक्षक के रूप में तैनात था, तो हर रोज कार्यालय में मुझसे मिलने सैकड़ों शिकायतकर्ता आते थे। अलग-अलग तरह के मामलों को लेकर की गई ये शिकायतें रोचक और चौंकाने वाली तो होती ही थीं, कभी-कभी दिल दहला देने वाली भी होती थीं। इन शिकायतों को सुनना और फिर उनका कानूनी एवं मानवीय धरातल पर विवेचन कर समाधान निकालना अपने-आप में एक नए अनुभव से गुजरना होता था।

इसी क्रम में एक दिन साधारण-सी दिखने वाली लगभग 25 वर्षीय एक महिला मेरे कार्यालय में आयी। वह एक साधारण पीले रंग की सूती साड़ी पहने हुई थी और किसी गरीब कारीगर परिवार से संबंधित लगती थी। मैंने अनुभव किया कि उसका पहनावा, उसकी चाल-ढाल और उसका चेहरा ऐसा गरिमामय था कि ऐसा संभव ही नहीं था कि सामने वाले को अपनी उपस्थिति का अहसास न कराए। उसकी पीड़ा उसके चेहरे से साफ झलक रही थी। वह अत्यधिक थकी हुई लग रही थी और ऐसा लगता था कि मुझसे मिलने के लिए बहुत दूर से आयी है तथा मिलने के लिए उसे काफी देर तक इन्तज़ार करना पड़ा है।

“साहब, मैं बहुत विपदा की मारी हूँ, क्या आप मुझे सिर्फ पाँच मिनट देकर मेरी पूरी बात सुन सकते हैं?” कमरे में घुसते ही उस महिला ने सीधे मुझे संबोधित करते हुए विनती की। सीधी-सपाट भाषा और उन शब्दों के पीछे झलकते उसके दृढ़ निश्चय को देखकर एकाएक मैं चौंका। जहाँ एक ओर मुझे आश्चर्य हुआ वहीं दूसरी ओर मेरे अन्दर कौतूहल के साथ उस महिला के प्रति एक अमूर्त-से सम्मान का भाव भी उत्पन्न हुआ। मन में जिज्ञासा उठी कि गाँव की एक सीधी-सादी महिला अकेले अपने आत्मबल एवं आत्मविश्वास के सहारे अपनी समस्या को लेकर इतनी दूर चलकर न

जाने कितनी कठिनाईयों से जूझती हुई मेरे कार्यालय तक आयी होगी। सामान्यतः देखा गया है कि ग्रामीण अंचल में रहने वाला एक आम आदमी बिना किसी प्रभावशाली व्यक्ति को साथ लिए, पुलिस के अदने से कर्मचारी के सामने आने में भी डरता है, जबकि यहाँ तो एक ग्रामीण महिला अपने जिले के पुलिस कप्तान के सामने निर्भीकता के साथ खड़ी अपनी समस्या का सहज ढंग से बखान कर रही थी।

अनुभव ने मुझे सिखाया है कि समस्या की तह तक जाने के लिए हर आदमी की बात ध्यान से मानवीय संवेदनाओं के साथ सुनना और सारी बात सुनने के बाद शिकायतकर्ता के दृष्टिकोण से उस पर मनन करना बहुत जरूरी है। तभी हम उसकी समस्या की गहराई और उसके उन अपेक्षित आयामों तक पहुँच सकते हैं जिनकी ओर शिकायतकर्ता ध्यान आकर्षित करना चाहता है। शायद तभी हम ऐसी कारगर पुलिस व्यवस्था बना सकते हैं, जो गरीबों, उपेक्षितों और पीड़ितों की मदद करने के साथ ही उनकी पहुँच के दायरे में हो। सामान्यतः देखा गया है कि वर्तमान व्यवस्था में जिनके पास पैसा है, ताकत है उनको तो न्याय मिल जाता है, परन्तु बाकी लोग या तो परिस्थितिवश उससे वंचित रह जाते हैं या न्याय के नजदीक पहुँच कर भी उसे हासिल कर पाने में समर्थ नहीं हो पाते। जब तक वे न्याय के निकट पहुँचते हैं, उनका समर्थ प्रतिद्वंद्वी अपने साधनों और पहुँच की बदौलत, उनसे पहले ही न्याय को लपक लेता है। मेरा मानना है कि अच्छी पुलिस व्यवस्था की अगर किसी को जरूरत है तो ऐसे लोगों को, जो न तो किसी प्रभावशाली व्यक्ति की कृपा के पात्र हैं और न ही जिनके पास खर्च कर सकने के लिए पैसा है।

मैंने उस महिला को बैठाया और आराम से पूरा समय लेकर अपनी परेशानी बताने को कहा। ज्यों-ज्यों वह महिला अपने संयत, मगर विश्वास भरे स्वर में दिल दहला देने वाली अपनी आपबीती घटना मेरे सामने बयान कर रही थी, उस महिला के प्रति मेरा सम्मान और अधिक बढ़ता चला जा रहा था। उसकी अभिव्यक्ति में एक ओर बला की ताकत थी तो दूसरी ओर व्यवस्था के प्रति उसका अटूट विश्वास भी झलक रहा था। वह न्याय पाने

की आशा में कई अड़चनों का मजबूती से सामना करती हुई मेरे पास आई थी, शायद इसीलिए उसकी अभिव्यक्ति में इस तरह की स्पष्टता थी। अबला समझी जाने वाली एक सामान्य घरेलू औरत के साथ घटित इस घटनाक्रम को सुनकर मैं मंत्रमुग्ध-सा उसकी बातों में डूबता चला गया। इस बीच कितना समय बीत गया मुझे इसका आभास तक नहीं रहा।

उसने जो आपबीती सुनाई, उसके अनुसार इस महिला के गाँव में पंचायत के चुनाव होने वाले थे। चुनाव प्रचार के दौरान सभी उम्मीदवार धनबल एवं बाहुबल का खुलकर इस्तेमाल कर रहे थे। कहीं पैसा काम आ रहा था तो कहीं शराब और कहीं पर दबंगों की टोली...ये सारे हथकण्डे चुनाव के लिए अपनाये जा रहे थे। इसी दौरान कुछ दबंग लोग महिला के घर पर आए और उन्होंने उस महिला से अपने परिवार के सारे सदस्यों के साथ उन्हें ही वोट डालने को कहा। जाते-जाते वे यह चेतावनी भी देना नहीं भूले कि उन्हें वोट न देने की स्थिति में उसके परिवार को गम्भीर परिणाम भुगतने के लिए तैयार रहना होगा।

पंचायत के चुनाव समाप्त हो गए और जब चुनाव के नतीजे सामने आए तो वही दबंग महाशय अपनी दबंगई और पैसे के बल पर ग्राम प्रधान के रूप में चुन लिए गए। परन्तु उनकी जीत बहुत ही कम वोटों से हुई थी, इसलिए उन लोगों ने यह पता लगाना शुरू किया कि किन-किन लोगों ने उनको वोट नहीं डाले। हमारे प्रजातंत्र में वोट की गोपनीयता होते हुए भी

यह पता लगाना मुश्किल नहीं कि किस क्षेत्र से किन लोगों ने किसे वोट दिया है। उस महिला के मामले में भी यही हुआ और दबंगों को यह शक हो गया कि महिला और उसका परिवार दबंगों को वोट न देने वालों में शामिल था।

चुनाव सम्पन्न हुए बहुत दिन नहीं बीते थे कि एक दिन दबंगों के परिवार के चार लोग हाथ में लाठी-डंडे लिए महिला के घर आए और बिना किसी से पूछे या वाद-विवाद के महिला के घर में घुसते चले गए। दबंगों ने झटके से दरवाजा अन्दर से बन्द कर दिया। महिला के पति और ससुर को उन्होंने बुरी तरह पीटा और फिर उन्हें रस्सी से बाँधकर उनके सामने ही एक-एक करके चारों दबंगों ने बलपूर्वक उसकी इज्जत लूटी। महिला चीखती-चिल्लाती रह गई, उसका पति और ससुर इस घिनौने कृत्य तथा अमानवीय अत्याचार को बेबस व असहाय मूकदर्शक की तरह देखते रहे। महिला की चीख-पुकार बंद दीवारों के बाहर भी गई लेकिन किसी भी व्यक्ति ने अंदर आकर विरोध करने का साहस नहीं दिखाया। पूरे समय दबंग अपनी मनमानी करते रहे। चीखती-चिल्लाती महिला और उसके परिजनों को उसी प्रकार अस्त-व्यस्त हालत में छोड़कर जाते-जाते चारों लोग महिला के परिवार को धमकी भी दे गए कि उनकी खिलाफत करने का अंजाम उन्होंने देख ही लिया है, अब अगर पुलिस में रिपोर्ट करने की हिम्मत दिखाई तो उसके परिणाम इससे भी अधिक भयावह होंगे।

गाँव भर में दबंगों ने सरेआम ढिंढोरा पीटा कि उनके साथ बगावत करने का क्या हश्र होता है। उन्होंने घूम-घूमकर महिला के साथ किए गए व्यभिचार का नमक-मिर्च लगाकर वर्णन किया और बार-बार इस बात का बखान किया कि उन्होंने किस तरह उनके गाँव की बहू की इज्जत लूटकर अपना बदला लिया। जाहिर है कि दबंगों के द्वारा गाँव वालों को अप्रत्यक्ष रूप में यह संदेश दिया गया कि अगर कोई भी उनकी तरफ आँख उठाने या बोलने की हिम्मत करेगा तो उसका भी यही परिणाम होगा।

दबंगों के जाने के बाद शारीरिक और मानसिक रूप से पूरी तरह लुट और टूट चुकी महिला इंसाफ पाने की उम्मीद में पुलिस में रिपोर्ट लिखाना चाहती थी लेकिन उसके पति और ससुर दबंगों के डर से इतने भयाक्रान्त थे कि वे रिपोर्ट लिखवाने के लिए राजी नहीं हुए। महिला के परिजनों को प्रशासन पर विश्वास नहीं था। वे बार-बार यही दोहरा रहे थे कि उनकी किस्मत में ऐसा ही लिखा था। ऐसे दबंगों के खिलाफ किसी प्रकार की रिपोर्ट लिखवाने से भी प्रशासन उनके खिलाफ़ कुछ करेगा तो नहीं बल्कि उनके परिवार के लिए और बड़ी मुसीबत खड़ी हो जाएगी। महिला काफी दिनों तक मानसिक तनाव और पशोपेश में रही किन्तु अंततः अपने परिजनों की बात न मानकर उसने अपना रास्ता खुद चुनने का निर्णय लिया। अपने पति की बेबसी व लाचारी को देखते हुए उसने मन ही मन यह ठाना कि वह स्वयं न्याय के लिए लड़ेगी और दबंगों को सबक सिखा कर रहेगी, जिससे वह किसी और महिला के साथ ऐसा करने की हिम्मत न कर सकें। अपने साथ हुए अन्याय व अपमान के विरुद्ध न्याय पाने की दृढ़ इच्छाशक्ति ने ही उसे थाने जाकर स्वयं रिपोर्ट लिखवाने के लिए प्रेरित किया और वह अकेले ही थाने में रिपोर्ट लिखवाने के लिए पहुँची।

गाँव में पुलिस आयी और उसने अपनी तहकीकात प्रारम्भ की। मामला एकदम खुला था। महिला, उसके परिजन एवं गाँव वालों के सामने घटना के तत्काल बाद स्वयं ही दबंगों ने घटना को उजागर किया था। बलात्कार जैसे इस जघन्य अपराध के आरोपियों को अन्ततः पुलिस के द्वारा गिरफ्तार कर लिया गया। परन्तु हमारी व्यवस्था की त्रासदी ये है कि प्रभावशाली एवं पैसे वाले लोग आपराधिक न्याय व्यवस्था में खामियाँ ढूँढकर जघन्यतम अपराध करके भी कानूनी दाँव-पेंच में माहिर वकीलों से पैरवी करवा कर जमानत पर छूटने में सफल हो जाते हैं। इस मामले में भी यही हुआ और पूरे साक्ष्यों के बावजूद अपराधी जमानत पर छूटने में सफल हो गए।

जेल से बाहर आकर ये अपराधी और अधिक मुक्त ढंग से घूमने लगे और उनके द्वारा फिर से पीड़ित परिवार से बदला लेने की घोषणा पूरे गाँव

में की जाने लगी, जिस औरत ने उन्हें जेल भिजवाया था उसे तो अब किसी हाल में नहीं छोड़ा जाएगा, उसके परिवार के एक-एक सदस्य को वे जेल भिजवा कर रहेंगे।...उन्होंने थाने के अपनी जाति के ही एक दरोगा से सम्पर्क कर महिला के पति को नशीली दवाओं का धंधा करने के झूठे आरोप में गिरफ्तार करवा दिया। एक दिन महिला का पति जब अपने किसी काम से साइकिल पर शहर तक गया था तो उसकी साइकिल की सीट के नीचे एक चरस का पैकेट रखवा दिया गया और फिर उसकी सूचना पुलिस को देकर साइकिल की तलाशी करवाई गई। चरस रखने के आरोप में उसके पति को जेल भेज दिया गया। दबंगों के द्वारा पूरे गाँव में फिर से ढिंढोरा पीट-पीट कर बताया गया कि उनके द्वारा अपना बदला किस प्रकार पूरा किया गया।

महिला और उसके बूढ़े ससुर का गाँव में जीना मुश्किल हो गया था क्योंकि मजदूरी करके परिवार का भरण-पोषण करने वाला उनका एकमात्र सहारा जेल भेज दिया गया था। जमानत कराने के लिए परिवार के पास वकील की फीस देने तक को पैसे नहीं थे, बचाव का कोई रास्ता बचा नहीं था। उस पर महिला को हमेशा यह डर सताता रहता था कि न जाने कब दबंग उनके घर पर आ धमकें और उसके साथ फिर जाने कैसी ज्यादती करें। इस बीच उसके पति को जेल में 45 दिन बीत चुके थे। वह और उसका बूढ़ा ससुर भुखमरी के कगार पर पहुँच चुके थे और उन्हें अन्धकार के सिवाय कोई रास्ता नहीं दिखाई दे रहा था। ऐसे में जब उसने सुना कि जिले के नए कप्तान साहब आम लोगों की बातें, बिना किसी सिफारिश के, सीधे सुन लेते हैं, तो उसने न्याय की आशा में मेरे पास सीधे आने का निर्णय लिया। शायद यही उसकी आखिरी उम्मीद भी थी। उसने बताया कि यद्यपि उसे शुरू में घबराहट हुई लेकिन इसके बावजूद अपने सम्मान व जीवन की रक्षा के लिए उसके पास इसके अलावा कोई विकल्प नहीं था। अंततः यहाँ तक आने का साहस उसने जुटा ही लिया।

महिला की दुःखभरी कहानी सुनकर मैं सन्न रह गया। जिस पुलिस व्यवस्था को गरीबों और असहायों का सहारा बनना चाहिए, वही इस परिवार के लिए अभिशाप बनकर आयी थी। जिस पुलिस व्यवस्था को

प्रभावशाली व्यक्तियों, दबंगों और बदमाशों को गरीबों पर ज्यादतियों के लिए सजा दिलानी चाहिए थी, उसी व्यवस्था का इस्तेमाल कर ऐसे शरारती तत्वों ने एक गरीब, निर्दोष व असहाय व्यक्ति को नारकोटिक्स जैसे कठोर एक्ट के झूठे इल्जाम में जेल भिजवा दिया था।

इतना कुछ बीत जाने के बाद ज्यादातर लोग थक-हार कर जिन्दगी से लड़ना छोड़ देते हैं, आत्महत्या कर बैठते हैं या फिर कुछ लोग फूलन देवी का जैसा असामाजिक रास्ता अपनाने को मजबूर हो जाते हैं। किन्तु इस महिला की न्याय पाने की ललक और व्यवस्था में उसकी आस्था अतुलनीय थी, जिसकी वजह से उसने दबंगों के विरुद्ध संघर्ष जारी रखने का निर्णय लिया। अन्याय के विरुद्ध उसने अपनी लड़ाई जारी रखी। मुझे महिला के इसी साहस ने प्रभावित किया। वह मेरे सामने अपनी आपबीती सुनाकर शान्त बैठी थी और मेरी प्रतिक्रिया का इन्तजार कर रही थी। मुझे उसके प्रति पूरी सहानुभूति थी...मैं उसकी पीड़ा और व्यथा को पूरी तरह समझ सकता था। मैंने उसे आश्वस्त किया कि इस मामले की निष्पक्ष जाँच कराई जाएगी और यदि उसका पति झूठे मुकदमे में जेल भेजा गया है तो उसे जल्द ही जेल से छुड़वा दिया जाएगा।

उस औरत ने जिस आत्मविश्वास के साथ अपनी आपबीती सुनाई थी, उसका एक-एक शब्द सच प्रतीत हो रहा था। मैंने अपने स्टाफ़ को बुलाकर महिला का प्रार्थनापत्र लिखवाया। हालाँकि प्रार्थनापत्र लिखते हुए महिला को एक बार फिर अपनी दुखद त्रासदी से गुजरना पड़ा, फिर भी जिस उत्साह से उसने अपनी शिकायत दर्ज करवायी उससे साफ झलक रहा था कि मुझसे मिलकर उसके मन में न्याय पाने की उम्मीद जगी थी। मैंने उसकी शिकायत की एक प्रति उस क्षेत्र के सर्किल ऑफिसर को जाँच हेतु भेज दी और साथ ही एक कॉपी गोपनीय जाँच हेतु स्थानीय अभिसूचना इकाई को भी प्रेषित कर दी।

अन्य राजकीय विभागों की तरह ही पुलिस विभाग में शिकायतों के निस्तारण की जो व्यवस्था है, उसका सबसे दुखद और आश्चर्यजनक पहलू यह है कि सामान्यतः जिस आदमी के विरुद्ध शिकायत होती है, अन्ततः

उसी व्यक्ति को जाँच अधिकारी बना दिया जाता है। इस केस में भी क्षेत्राधिकारी ने इस शिकायत को जाँच हेतु थानाध्यक्ष के सुपुर्द कर दिया और थानाध्यक्ष ने उसी उपनिरीक्षक को जाँच सौंप दी जिसके विरुद्ध वह शिकायत की गई थी। स्वाभाविक था कि दरोगा ने अपनी कार्यवाही को सही ठहराते हुए फाइल में रिपोर्ट लगा दी, जो थानाध्यक्ष और क्षेत्राधिकारी के माध्यम से मेरे कार्यालय में पहुँच गई।

प्रायः यह देखने में आया है कि जो अधिकारी जन-समस्याओं के प्रति संवेदनशील नहीं होते, उनकी पकड़ में इस तरह की बातें नहीं आ पाती हैं। इस तरह की जाँच-आख्याओं को 'सीन, फाइल' नोट लगाकर हमेशा के लिए बंद समझ लिया जाता है और पूरी त्रासदी फाइलों के ढेर में दब कर रह जाती है। मुझे लगा कि ऐसी स्थिति में मेरा पुलिस में बने रहने का कोई औचित्य नहीं रह जाता। यदि मैंने भी इस केस पर विशेष ध्यान नहीं दिया होता तो यह शिकायत भी ऐसे ही फाइलों के ढेर में दब कर दम तोड़ जाती। इससे भी बड़ी विडंबना यह होती कि फाइलों के साथ ही साथ महिला और उसके परिवार की तीन जिन्दगियाँ भी दफन हो चुकी होती।

तत्काल कुछ भी निर्णय न ले सकने की स्थिति में मैंने वह फाइल अपनी मेज पर ही रख छोड़ी। गोपनीय शाखा को जाँच के लिए मैंने जो टिप्पणी प्रेषित की थी, उसकी रिपोर्ट भी तीन दिन के अन्दर मेरे कार्यालय पहुँच गई। रिपोर्ट में महिला की आपबीती को सभी अत्याचारों सहित अक्षरशः सच पाया गया था। आश्चर्यजनक बात यह थी कि यह घटना किसी से भी छिपी हुई नहीं थी। गाँव का बच्चा-बच्चा शुरू से लेकर अन्त तक पूरी कहानी को जानता था, जैसे कि पहले भी बताया जा चुका है, दबंगों ने खुद ही महिला के पति को झूठे मुकदमें में फँसाने का ढिंढोरा जमकर पीटा था।

गोपनीय शाखा की जाँच प्राप्त होने पर मैंने सम्बन्धित क्षेत्राधिकारी को अपने कार्यालय में बुलाया और उसको गोपनीय शाखा की जाँच-आख्या दिखायी। वह एक अनुभवी क्षेत्राधिकारी था, जो दरोगा से प्रोन्नत होकर पुलिस उपाधीक्षक बना था तथा काफी उम्रदराज़ भी था। उसने तत्काल इस

बात को मान लिया कि महिला की शिकायत सही थी। किन्तु उसकी हिचक थी कि हम लोग कैसे अपने ही स्टाफ़ के लोगों को गलत ठहरा सकते हैं। उसका यह भी कहना था कि अब तो केस न्यायालय में जा चुका है। ऐसे में अपने स्टाफ की गलती को स्वीकार कर लेने से स्टाफ़ को दण्डित तो करना ही पड़ेगा, साथ ही ऐसा करने से पुलिस की छवि भी धूमिल होगी। क्षेत्राधिकारी ने अपनी पूरी ज़िन्दगी इसी तरह बिताई थी, इसीलिए उसके लिए इस केस को रफा-दफा करना ही बुद्धिमानी थी।

लेकिन मैंने मन बना लिया था कि मैं हर हालत में सत्य और न्याय का साथ दूँगा और पुलिस की एक गलती को छिपाने के लिए उससे भी बड़ी दूसरी गलती नहीं करूँगा। यहाँ तीन लोगों की ज़िन्दगी के साथ-साथ लोगों के पुलिस-तंत्र में विश्वास का सवाल था। मेरा मानना था कि पीड़ित महिला और उसके परिवार को बचाने में यदि पुलिस की गलती उजागर होती भी है तब भी हम न्याय के ज्यादा निकट होंगे। ऐसा करने से पुलिस की छवि खराब होने के बजाय और बेहतर होगी क्योंकि गलती को स्वीकार करने के लिए और अधिक ताकतवर होने की आवश्यकता होती है। मीडिया और समाज भी इस बात को समझेगा कि कम से कम किसी स्तर पर तो पुलिस से न्याय की उम्मीद की जा सकती है।

मेरे द्वारा समझाए जाने पर क्षेत्राधिकारी ने अपनी जाँच आख्या दुबारा भेजी। इस बार जाँच आख्या पूर्णतः सही थी। उसके आधार पर मैंने सम्बन्धित उप-निरीक्षक को निलम्बित कर दिया, जिसकी वहज से एक अबला का परिवार नष्ट होने के कगार पर पहँच गया था। मैंने क्षेत्राधिकारी को आदेश दिया कि वह न्यायालय में सच्चाई को स्वीकारते हुए महिला के पति के खिलाफ़ दर्ज केस को वापस लेने हेतु आख्या भेजे। यह भी निर्देश दिये कि यह स्वीकार किया जाय कि प्रकरण में पुलिस से गलती हुई है। माननीय न्यायालय द्वारा इस रिपोर्ट के आधार पर महिला के पति को बाइज्जत छोड़ दिया गया। हमने दबंगों के ऊपर कड़ी कार्यवाही सुनिश्चित की ताकि भविष्य में वे किसी निर्दोष को फिर से अपने जुल्मों का शिकार न बना सकें।

अपने पति के जेल से छूटने के बाद महिला अपने पति के साथ मेरे कार्यालय में मुझे धन्यवाद देने आई तो उसके चेहरे पर आभार एवं खुशी के मिश्रित भाव साफ देखे जा सकते थे। उसको मिले न्याय से उसे अब जीने का मजबूत सहारा मिल गया था। मैं जानता था कि हमारी कार्यवाही से उस महिला के दुख को कम तो नहीं किया जा सकता था किन्तु उसके घावों पर मरहम लगाने का काम तो हमारे निर्णय ने किया ही। इसके अलावा महिला और उसके परिवार को सम्मानपूर्वक एवं भयमुक्त जीवन जीने का अवसर भी मिला।

अगले दिन क्षेत्राधिकारी भी मेरे कार्यालय में आए और उन्होंने स्वीकार किया कि पुलिस की कहानी पलटने से, पुलिस द्वारा अपनी गलती स्वीकार करने से, निर्दोष आदमी के जेल से छूटने से और दोषी पुलिसकर्मियों के सजा पाने से समाज और मीडिया में पुलिस की छवि बेहतर हुई है। न्याय के प्रति लोगों का विश्वास बढ़ा है और लोगों को खाकी वर्दी में छिपी हुई इंसानियत के दर्शन हुए।

* * *

उनका कहना, 'जनता की सेवा करो'
सिर आँखों पर...
किन्तु हमारा कहना है, 'पहले खुद की सेवा तो कर लो'
और अच्छा है!

उनका कहना, 'सम्पूर्ण क्रांति से समाज को बदल डालो'
बहुत अच्छा है...
किन्तु हमारा कहना, 'परम्पराओं को बनाए रखो,
लीक पर चलते जाओ, यथास्थिति में ही भलाई है'
और भी अच्छा है!

उनका कहना, 'देश का विकास होगा तभी
गरीब जनता से जब खुद जुड़ोगे'
किन्तु हमारा कहना, 'देश के विकास से हमें क्या लेना...
खुद का विकास हो जाए, यही बहुत है'

"जुड़ने दो हमें गौरे साहबों से पहले,
परम्परा हैं वो हमारी,
जड़ें हमारी हैं इम्पीरियल पुलिस में...
कैसे बन जाएँ हम जनता जैसे ?
उनके तो माई-बाप हैं हम!
उनके तो साहब हैं हम!"

(इस कविता में 'उनका' शब्द भारतीय पुलिस सेवा के आदर्शवादी अधिकारियों के लिए प्रयुक्त किया गया है तथा 'हमारा' शब्द का प्रयोग उन पुलिस अधिकारियों के लिए किया गया है, जो आज भी अपनी जड़ें ब्रिटिश समय की इम्पीरियल पुलिस में मानते हैं और खुद को जनता के सेवक के बजाय 'साहब' समझते हैं।)

('मेरी डायरी' से–15 जनवरी, 1990)

2
सेवक नहीं, साहब हैं हम

पुस्तक को आगे बढ़ाने से पहले थोड़ा इसकी पृष्ठभूमि समझने के लिए अतीत में जाना आवश्यक प्रतीत होता है। मैंने हरियाणा के ग्रामीण परिवेश से उठकर आई.आई.टी. दिल्ली में इंजीनियरिंग की शिक्षा प्राप्त की। गाँव से आई.आई.टी. तक के सफर ने मुझे यह सोचने के लिए मजबूर किया कि भारत-वर्ष दो परस्पर-विरोधी धाराओं में विकसित हो रहा है। एक तरफ तो आगे बढ़ता हुआ 'इण्डिया' है जहां अंग्रेजीदाँ पब्लिक स्कूलों में शिक्षा ग्रहण कर बचपन से ही साहबी ठाट-बाट में पले धनी और प्रभावशाली लोग हैं...बड़ी-बड़ी गाड़ियों और स्टार-होटलों की चकाचौंध भरी आयातित संस्कृति को वायरल-संक्रमण की तरह तेजी से फैलाते लोग हैं जिन्हें अपनी मातृभाषा बोलने और भारतीय कहलाने में भी शर्म आती है...जो ऐसे मौके की तलाश में रहते हैं कि अपने इण्डिया की बेहतर शिक्षा पद्धति का फायदा लेने के बाद इस देश की गर्मी, धूल और गरीबी से छुटकारा मिले और वह जितनी जल्दी हो सके इस धरती से अलविदा कहें...विकसित देशों में भाग जाएँ। दूसरी तरफ 'भारत' में रहने वाले ऐसे करोड़ों देशवासी हैं, जिनके पास रहने को मकान नहीं, खाने को एक जून की रोटी नहीं और पहनने को कपड़ा नहीं होता! देश के कुछ हिस्सों में तो आजादी के बासठ साल बाद भी बिजली, पीने के पानी और सड़क जैसी मूलभूत सुविधाओं का अभाव है। ऐसे लोग चपरासी तक की सरकारी नौकरी मिल जाने को अपना सबसे बड़ा सौभाग्य समझते हैं जबकि अपने गाँव-घरों में रहना उन्हें कतई गवारा नहीं।

आई.आई.टी. दिल्ली में रहते हुए मैंने देश के इस खण्डित विकास को बहुत नजदीक से देखा और इसलिए शुरू में ही संकल्प लिया कि अपने

अधिकांश साथियों की तरह विदेश जाने का सपना कभी नहीं पालूँगा क्योंकि विदेश जाने को मैं उन दिनों 'ब्रेन-ड्रेन' समझता था। यद्यपि बाद में मैंने देखा कि विदेश में गए आई.आई.टी. के छात्रों ने विदेशों में भारत की छवि को सुधारने में अहम् भूमिका अदा की। मैं तो इंजीनियर बन कर अपने देशवासियों की सेवा करना चाहता था परन्तु चौथे वर्ष की शुरुआत में औद्योगिक ट्रेनिंग के दौरान मेरा मन बदल गया। मैंने अपनी इंडस्ट्रियल ट्रेनिंग कलकत्ता में 'उषा फैन्ज' बनानेवाली कम्पनी में की थी। कलकत्ता की भीड़ भरी, संघर्षपूर्ण जिन्दगी...गाड़ियों की चैं-चैं, पैं-पैं...आधुनिक यंत्रों के कलपुर्जों से घिरी मशीनी जिन्दगी को देखकर ट्रेनिंग के दौरान मुझे अहसास हुआ कि मैं एक इंजीनियर की सीमित दायरे वाली जिन्दगी में सिमट कर रहना नहीं चाहता था।

मैं कोई ऐसी नौकरी करना चाहता था, जिसमें देश सेवा के ज्यादा अवसर हों, जिसमें गरीबी में जी रहे करोड़ों लोगों की मदद करने का मौका मिल सके, देश के आम नागरिकों तक पहुँच कर उनकी समस्याओं का समाधान किया जा सके! मैं सीधे आम आदमी से जुड़ कर उनके लिए काम करना चाहता था। ज़िन्दगी जहाँ चुनौतियों से भरी हो...जहाँ मुझे अहसास हो कि मेरे काम से लोगों की ज़िन्दगी में सीधे-सीधे फर्क पड़ रहा है...। ऐसी नौकरी, जहाँ क्षमताओं के अनुरूप काम करने का मौका मिले और जहाँ जिन्दगी अधिक अर्थपूर्ण हो जाय। अपने सहकर्मियों के साथ विचार-विमर्श के बाद इन अपेक्षाओं की पूर्ति हेतु मुझे भारतीय सिविल सेवाओं के अलावा दूसरा कोई विकल्प नहीं दिखाई दिया।

मैंने भारतीय सिविल सेवा की परीक्षा पास कर बड़े ऊँचे आदर्शों के साथ भारतीय पुलिस सेवा ज्वॉइन की-मन में एक ही संकल्प था कि ईमानदारी और कर्तव्यनिष्ठा से देश की सेवा करनी है तथा गरीबों और असहायों की मदद करनी है। हम यह भी सोचते थे कि सिविल सेवा में आने वाले बाकी लोग भी हमारी तरह के आदर्शवादी विचारों वाले होंगे क्योकि भारतीय सिविल सेवाओं की परीक्षा की तैयारी के दौरान देशभक्ति और लोगों की सेवा करने का जज्बा मन में और अधिक प्रबल हो जाता है।

आई.ए.एस. और आई.पी.एस. दोनों सेवाओं की प्रारम्भिक ट्रेनिंग लालबहादुर शास्त्री अकादमी, मसूरी में होती है। अपने ऐसे ही सपनों, संकल्पों और आदर्शों से भरे हम लोग मसूरी पहुँचे थे। मसूरी अकादमी पहुँचने पर मुझे पहली ठोकर तब लगी, जब एक दिन खाने की मेज पर किसी साथी ने इस तरह के आदर्शों का खुलेआम मजाक उड़ाया और कहा, ''बॉस, किस दुनिया की बातें कर रहे हो! देश-सेवा, समाज-सेवा जैसी आदर्शवादी बातें तो सिर्फ इंटरव्यू में बोलने के लिए होती हैं। भई, हम तो सीधे-सीधे पावर, पैसा और स्टेटस पाने के लिए इन सेवाओं में आए हैं।''

मुझे तो मानो साँप सूँघ गया! मैं सपने में भी नहीं सोच सकता था कि कुछ लोग पहले दिन से ही इन सेवाओं को अपने निजी स्वार्थों की पूर्ति के लिए ज्वाइन कर सकते हैं। परन्तु धीरे-धीरे मैंने हैरान होना छोड़ दिया क्योंकि मैंने पाया कि अकादमी में आधे लोग पहले से ही उच्च वर्गीय विकसित परिवारों से आए थे। सामान्यतः इनमें से अधिकांश लोग यथास्थितिवादी होते थे जिनकी पारिवारिक पृष्ठभूमि सम्पन्न, वैभवशाली और इन्हीं सेवाओं से जुड़ी थी। वे लोग इनसे जुड़े नियम-कायदों को पहले से ही जानते थे और ऐसे लोगों को व्यवस्था का अपने फायदे के लिए इस्तेमाल करने में किसी तरह की न तो हिचक महसूस होती थी और न ही शर्म। ऐसे लोग सीधे-सीधे पावर, पैसा और प्रसिद्धि पाने के लिए अधिकारी बनते हैं।

परन्तु अच्छी बात यह थी कि सभी लोग ऐसे नहीं थे, बड़ी तादाद ऐसे लोगों की भी थी जो वास्तव में जनसेवा, देशसेवा की भावना लेकर इन सेवाओं में आए थे। उन लोगों का उद्देश्य समाज के निचले तबके के लोगों की मदद करना था...वो तबका, जो धर्म, अर्थ, वर्ण या लिंग के भेदभाव के कारण विकास के निचले पायदान पर ही अटका रह गया था।

अकादमी में ही हमें खाने-पीने, पहनने के साहबी तौर-तरीके सिखाये गए। काँटे और छुरी का कैसे प्रयोग होना है, चम्मच को कैसे रखा जाना है, मेज पर कैसे बैठना है आदि-आदि...। इस ट्रेनिंग में कहीं-न-कहीं ब्रिटिश सामंतवादी व्यवस्था की झलक दिखाई देती थी। मुझे ऐसी आशंका हुई कि कहीं हमें साहब बनना तो नहीं सिखाया जा रहा था जिससे कि हम आम

जनता से खुद को अलग और खास समझें। हमारे और आम जनता के बीच का गैप बना रहे। हमारा कुछ ऐसा रुआब हो कि आम आदमी आसानी से हमारे पास आने का साहस न जुटा पाए। यह भी सम्भव था कि यह सब हमें इसलिए सिखाया जा रहा हो, जिससे कि हम साहबों वाले माहौल में अपने को बाहरी न समझें और किसी हद तक यह जरूरी भी लगा। यह तो अधिकारी की संवेदनशीलता पर निर्भर करता था कि वह ऐसी साहबियत को अपने अन्दर किस सीमा तक आत्मसात करते हैं।

आजादी से पहले भारतीय पुलिस सेवा को इम्पीरियल पुलिस (आई.पी.) यानी ब्रिटिश सम्राट की पुलिस कहा जाता था। आजादी के बाद इसका नाम बदल कर आई.पी.एस. (भारतीय पुलिस सेवा) कर दिया गया। देश के नीति निर्धारकों की उस समय यह मंशा थी कि भारतीय सिविल सेवा के अधिकारी आजादी के बाद सचमुच में जनता के सेवक की भूमिका निभायेंगे और उनमें अंग्रेज़ी जमाने की साहबियत की झलक खत्म हो जाएगी। वे आम जनता के दुख-दर्द को समझते हुए उनकी सेवा करेंगे। देश को जिस विकास की जरूरत है, जिस नई वैचारिक व प्रशासनिक क्रान्ति की आवश्यकता है, उसमें भी वे अग्रणी भूमिका निभायेंगे। किन्तु शायद ये उम्मीदें कुछ ज्यादा ही थीं और भारतीय सिविल सेवाओं (आई.ए.एस. और आई.पी.एस.) में आने वाले अधिकांश लोग साहब ही बने रहना चाहते थे।

ट्रेनिंग के दौरान अकादमी की ओर से हम लोगों को एक सप्ताह के लिए गाँवों के भ्रमण के लिए भेजा जाता है जिसे 'रैपिड रूरल एप्रेजल' (आर.आर.ए.) कहा जाता है। इस प्रोगाम के तहत सभी प्रशिक्षणार्थियों को सामाजिक और आर्थिक रूप से पिछड़े गाँवों में भेजा जाता है, जिससे कि देश के भावी प्रशासक ग्रामीण भारत के सच को निकट से देख सकें और वहां की समस्याओं को देख व समझ सकें। हम लोगों का ग्रुप उत्तर प्रदेश के बाँदा जिले में गया।

बाँदा बुन्देलखण्ड क्षेत्र में स्थित उत्तर प्रदेश का एक बहुत ही पिछड़ा हुआ जिला है। यह क्षेत्र काफी बीहड़ और पथरीला है। क्षेत्र में चारों ओर गरीबी और हताशा का साम्राज्य नजर आता है। बाँदा की लाल मिट्टी, दूर-दूर तक फैले हुए एल्यूमिनियम के पिचके कटोरों की तरह के खाली मैदान, चरम हताशा और अकेलेपन का रोना रोती हुई अभावग्रस्त झोपड़ियाँ

और युग-युगों से अपने लिए कोई सहारा खोजतीं काँटेदार वनस्पतियाँ और उनके हमशक्ल इंसान...।

हम लोग जब जनपद बाँदा के सरकारी डाकबंगले में पहुँचे तो हमारी आवभगत को काफी सरकारी अमला खड़ा था, जो 'जी, हुजूर, साहब और सर' के बिना बात ही नहीं करता था। उनके व्यवहार में इतनी गुलामी झलकती थी कि उसकी हमें न तो आदत थी और न ही अपेक्षा। उनके व्यवहार से लगता था कि मानो उनके घर पर देश के भावी 'भाग्य विधाता' पहुँचे थे। मानो हम उनकी रियासत के राजकुमार हैं जो बहुत दिनों के बाद अपनी जनता के बीच आए हैं।

हम लोगों को क्षेत्र में धूमने के लिए एक जीप दी गई थी। हमें बाँदा से आगे बरगढ़ नाम के एक गाँव में भेजा गया। साथ ही हमें यह भी सलाह दी गई कि रात में यात्रा न करें क्योंकि पूरे बाँदा जनपद में 'ददुवा' नामक डकैत का आतंक है। ददुवा एक पुराना अपराधी था, जो हत्या, डकैती व फिरौती वसूलने के लिए कुख्यात था। मगर अपनी जाति का समर्थन प्राप्त होने के कारण वह पुलिस की पकड़ में नहीं आ पाता था। मुझे हैरानी हुई कि ऐसे भी डकैत हैं जो पुलिस की पकड़ से दूर हैं और जिनसे प्रशासन भी भय खाता है!!

हम लोगों ने अगले छह दिन बरगढ़ और उसके आस-पास के गाँवों में बिताए। पूरा क्षेत्र घोर गरीबी और उपेक्षा का शिकार था। न पीने के पानी की सुविधा, न बिजली की व्यवस्था और न खेती योग्य जमीन। मिट्टी के कच्चे घर, आधे-अधूरे कपड़ों में दौड़ते बच्चे, पेड़ की छाँव में बिछी टूटी खाटें, खेती करने के वही पुराने औजार, कहीं-कहीं तो बैलों की जगह जुता हाड़मांस का पिंजर इंसान, लकड़ी के गट्ठर ढ़ोती औरतें और पानी से भरी गागर ले जाती बच्चियों को देख विकास के नाम पर चलाई जा रही योजनाओं की धरातली वास्तविकता देखने को मिली। वहाँ जाकर यह भी समझ आया कि क्षेत्र में आय के दो ही साधन

हैं खेती और पत्थरों की खदान। इन दोनों पर एक वर्ग-विशेष, मुख्य रूप से धनी लोगों का कब्जा था। अधिकांश लोग भूमिहीन मजदूर थे जो छोटे-छोटे घरेलू खर्चों के लिए धनी लोगों से ऋण लेते थे और उस ऋण को चुकता करने में ही उनकी जिन्दगी बँधुवा मजदूरों की तरह गुजर जाती थी। उन्हें गरीबी से छुटकारा मिलने की कोई उम्मीद नजर नहीं आती थी। अमीर और गरीब के बीच एक चौड़ी खाई थी जिसे भरना मुमकिन नहीं लगता था।

हमने पढ़ा था कि हाल ही के दिनों में देश में बँधुवा मजदूरों के हितों की रक्षा के लिए कानून बनाया गया था, 'बँधुवा मजदूर अधिनियम'। लेकिन कानून बनाने से तो सामाजिक और आर्थिक विसंगतियाँ खत्म नहीं हो जातीं। पूरे जिले में न तो उस कानून का कोई असर नजर आ रहा था और न ही सामाजिक असमानता खत्म होने के कहीं आसार नजर आ रहे थे। सरकार द्वारा गरीबी उन्मूलन के ढेरों कार्यक्रम चलाये गए थे परन्तु ऐसा प्रतीत हो रहा था कि अधिकांश कार्यक्रम सरकारी कर्मचारियों और कुछ विशेष लोगों को फायदा पहुँचा रहे थे। जिन लोगों के लिए कार्यक्रम बनाये गए थे वे अब भी इन कार्यक्रमों के लाभ से अछूते थे।

एक सप्ताह तक उस क्षेत्र में रहकर हम लोग काफी हद तक क्षेत्र की जानकारी प्राप्त करने में सफल हुए। आखिरी दिन जब हम ऐसे ही एक गाँव में लोगों से बातें कर रहे थे, एक पच्चीस वर्षीय युवक से हमारा सामना हुआ जिसका नाम 'हमारी' था। वह बहुत ही दुबला, पतला व कमजोर था। वह गुलामों की तरह लगता था...व्यवस्था का दास, सदियों से बेड़ियों में जकड़ा हुआ एक दीन-हीन और निरीह प्राणी, जिसको सरकारी कार्यक्रमों से न कोई मदद मिल पा रही थी और न उसे किसी तरह की जानकारी थी। हम लोगों की सहानुभूति भरी बातें सुनकर उसमें ऐसा उत्साह जागा कि वह अचानक ही आक्रोशित हो उठा। ऐसा लग रहा था मानो सदियों से दबाई गई उसकी खामोश आवाज अचानक बाँध तोड़कर बाहर निकल आई हो। "हमने बहुत सहन कर लिया, अब हम और अन्याय सहन नहीं करेंगे, हम अन्याय के खिलाफ संघर्ष करेंगे...जानवरों की तरह खामोश नहीं बैठेंगे हम...आखिर हम भी तो इंसान हैं।"

हमारे ग्रुप के बाकी लोग उसमें एकाएक उपजे इस आक्रोश को देखकर पता नहीं क्या सोच रहे थे, परन्तु मेरे मन में उसके प्रति सहानुभूति पैदा हुई। मैं स्वयं को पूर्णतया असहाय अनुभव कर रहा था क्योंकि उस वक्त मेरे पास उसे देने के लिए बौद्धिक करुणा के सिवा और कुछ भी नहीं था। लेकिन इस यात्रा से मेरे मन के इस संकल्प को बल मिला कि भविष्य में मुझे जो प्रशासनिक अधिकार प्राप्त होंगे, उससे मैं किसी सीमा तक इन सामाजिक विसंगतियों को दूर कर सकूँगा। मुझे यह भी समझ में आने लगा था कि हमारे समाज में करने को बहुत कुछ है बशर्ते कि हमारे अंदर कुछ कर सकने का जज्बा हो। इस यात्रा में मैंने यह भी महसूस किया कि लोगों की हमसे इतनी अपेक्षाएँ पैदा हो गई थीं कि मैं उनके बोझ तले अपने को दबा महसूस करने लगा था। लेकिन मुझे इस बात का भरोसा था कि एक न एक दिन हम कुछ करने की स्थिति में होंगे और तब अवश्य ही इन लोगों की जिन्दगी में सकारात्मक परिवर्तन कर सकेंगे।

इस यात्रा में मैंने एक ओर 'माई-बाप संस्कृति' को नज़दीक से देखा तो दूसरी ओर ब्यूरोक्रेसी की 'जीप व डाकबंगला संस्कृति' को। कुछ दोस्तों के लिए यह 'रेपिड रूरल' की बजाय 'रेपिड रॉयल दौरा' बन कर रह गया था। वे लोग इस पूरे दौरे को सरकारी पिकनिक की तरह मनाते रहे और देश की गरीबी के मानचित्र को अपने कैमरों में विभिन्न कोणों से कैद करते रहे।

रेपिड रूरल एप्रेजल के बाद जब हम लोग वापस अकादमी की ओर जा रहे थे, तो मेरे मन में तरह-तरह के विचार आ रहे थे। देश के सामने ढेर सारी समस्याएँ मुँह-बाये खड़ी थीं और मुझे इन समस्याओं में अपने लिए एक चुनौती नजर आ रही थी। जिस उद्देश्य से मैंने भारतीय पुलिस सेवा को चुना था, उन उद्देश्यों की पूर्ति करने के लिए मैं ट्रेनिंग खत्म कर जल्द से जल्द अपनी कर्म भूमि में उतरने को उतावला हो रहा था।

* * *

चक्रव्यूह में घुसने से पहले
कौन था मैं ?
और कैसा था–
यह मुझे याद ही न रहेगा!

चक्रव्यूह में घुसने के बाद–
मेरे और चक्रव्यूह के बीच
सिर्फ जानलेवा निकटता थी–
इसका मुझे पता ही नहीं चलेगा!

चक्रव्यूह से बाहर निकलने पर–
मैं मुक्त हो जाऊँ भले ही
फिर भी...
चक्रव्यूह की रचना में फर्क ही नहीं पड़ेगा!

(हिन्दी फिल्म 'अर्धसत्य' से)

3

चक्रव्यूह

राष्ट्रीय पुलिस अकादमी, हैदराबाद से ट्रेनिंग पूरी करने के बाद मेरी पहली पोस्टिंग सहायक पुलिस अधीक्षक प्रशिक्षणाधीन के रूप में इलाहाबाद में हुई। संगम नगरी इलाहाबाद को प्रयागराज के नाम से भी जाना जाता है। दो नदियों का संगम तो कई दूसरे प्रयागों में भी होता है जैसे देवप्रयाग, कर्णप्रयाग, रुद्रप्रयाग आदि। किन्तु इलाहाबाद तीन नदियों गंगा, यमुना और सरस्वती के संगम पर बसा हुआ शहर है, इसीलिए इसे प्रयागों का राजा प्रयागराज कहा जाता है। सरस्वती नदी का उल्लेख पुराणों में तो है किन्तु बाद में यह नदी विलुप्त हो गई। इलाहाबाद को कुम्भनगरी के रूप में भी जाना जाता है। बारह वर्ष में एक बार लगने वाला महाकुम्भ इलाहाबाद, हरिद्वार, उज्जैन एवं नासिक में हर तीन वर्षों के अन्तराल पर लगता है। इन सब में इलाहाबाद में लगने वाले महाकुम्भ का अलग ही महत्व है।

धार्मिक नगरी के अतिरिक्त इलाहाबाद शिक्षा और साहित्य के केन्द्र के रूप में भी विख्यात रहा है। यहाँ पर गंगानाथ झा, फिराक गोरखपुरी, महादेवी वर्मा, हरिवंशराय बच्चन, धर्मवीर भारती आदि शिक्षकों का आभामंडल हमेशा मौजूद रहा है। दूर-दूर से लोग यहाँ पर अध्ययन करने के लिए आते रहे हैं। इलाहाबाद सांस्कृतिक रूप से भी शास्त्रीय गायन, लोक गायन, शास्त्रीय नृत्य एवं लोक नृत्य की समृद्ध परम्पराओं का गढ़

रहा है। राजनीतिक रूप से भी इलाहाबाद आजादी के पूर्व के दिनों से ही देश की राजनीति के केन्द्र में रहा है। मोतीलाल नेहरू का आवास 'आनन्द भवन' आजादी की लड़ाई में कांग्रेस के मुख्यालय के रूप में प्रसिद्ध रहा है और स्वतंत्रता के बाद भी जवाहर लाल नेहरू से लेकर वी. पी. सिंह तक कई प्रधानमंत्री या तो इलाहाबाद के रहने वाले थे या वहाँ पर शिक्षा ग्रहण किए हुए थे। चन्द्रशेखर आजाद ने यहीं पर देश की आजादी के लिए हँसते-हँसते अपने प्राणों की कुर्बानी दे दी थी।

सामाजिक और राजनीतिक दृष्टि से नब्बे के दशक के शुरुआती वर्ष काफी उथल-पुथल भरे थे। एक तरफ मण्डल कमीशन, दूसरी तरफ बाबरी मस्जिद...दोनों मुद्दों ने देश की राजनीति में भूचाल ला दिया था। चारों तरफ आन्दोलन ही आन्दोलन नजर आते थे। ऐसी सामाजिक एवं राजनीतिक परिस्थितियों में मैंने अपने पुलिस कैरियर की शुरुआत की।

सबसे पहले हम लोगों को एस.एस.पी. कार्यालय से सम्बद्ध किया गया। ट्रेनिंग के दौरान के अपने पुराने अनुभवों की अपेक्षा जो बात यहाँ सबसे अलग देखने में आयी, वो थी लोगों का लगातार शिकायतें लेकर आना और अपनी शिकायतों का निस्तारण ढूँढना। औसतन सौ से दो सौ आदमी इलाहाबाद पुलिस कार्यालय में प्रतिदिन अपनी समस्याएँ लेकर आते थे। कुछ लोग नेताओं के साथ आते थे तो कुछ लोग वकीलों को साथ लेकर। निश्चय ही कुछ लोग ऐसे भी होते थे जो दर्ख्वास्त लेकर बिना किसी सहारे के आते थे। इन शिकायतों को ध्यान से देखने पर मुख्य रूप से जो बातें

सामने आई वे थीं   किसी का मुकदमा नहीं लिखा जाना, किसी पर हमला हो जाने पर पुलिस को शिकायत करने पर भी पुलिस द्वारा कोई कार्यवाही न करना, किसी के खिलाफ झूठा मुकदमा लिखा जाना, किसी को किसी

मुकदमे में झूठा फँसा दिया जाना, किसी का मुकदमा लिखे जाने के बावजूद भी अपराधियों की गिरफ्तारी न होना आदि-आदि। कुल मिलाकर ये शिकायतें या तो थानाध्यक्ष, चौकी इंचार्ज या हल्का प्रभारी द्वारा दिखाई पुलिस की निष्क्रियता सम्बन्धी होतीं या फिर पुलिस द्वारा की जाने वाली गलत कार्यवाही की।

इलाहाबाद बहुत बड़ा जनपद था जिसमें उस समय 44 थाने एवं 14 सर्किल थे। एक इतने बड़े जिले में जहाँ अधिकारियों को कानून व्यवस्था की समस्याएँ ही दिन भर सुलझानी होती हैं, उनके पास इतनी बड़ी संख्या में आने वाली शिकायतों को सुनने, उनकी गहराई तक जाने अथवा सुलझाने के लिए पर्याप्त समय निकाल पाना सम्भव नहीं हो पाता। अतः ये शिकायतें अधीनस्थ अधिकारियों को, जिनमें अपर पुलिस अधीक्षक, क्षेत्राधिकारी और थाना प्रभारी मुख्य रूप से होते थे, कार्यवाही हेतु प्रेषित कर दी जाती थीं। क्षेत्राधिकारी पुलिस विभाग में सबसे निचले दर्जे का राजपत्रित अधिकारी होता है। आम तौर पर थाना पुलिस के खिलाफ शिकायत वाले प्रार्थना पत्रों को जाँच करने हेतु क्षेत्राधिकारी को भेज दिया जाता था। परन्तु आश्चर्यजनक बात जिसने मेरा ध्यान आकृष्ट किया वह यह थी कि क्षेत्राधिकारी द्वारा जाँच खुद न करके जिस थाने के खिलाफ वह शिकायत होती थी, उसी थानाध्यक्ष को प्रार्थना पत्र जाँच हेतु भेज दिया जाता था। थाने द्वारा जो जाँच आख्या क्षेत्राधिकारी के माध्यम से भेजी जाती थी, उसमें अन्ततः पुलिस की पूर्व कहानी का ही उल्लेख होता था और शिकायतकर्ता की शिकायतों को झूठा या पेशबन्दी में दिया जाना बताकर जाँच आख्या एस.एस.पी. कार्यालय तक आ जाती थी। शिकायतों की ढेरों जाँच फाइलों की गहराई में जाने का समय किसी के पास नहीं होता था और जाँच आख्याओं के ये ढेर अंततः 'सीन, फाइल' नोट के साथ दबा दिये जाते थे।

लगभग एक माह तक कार्यालय में बैठने के बाद मैंने यही पाया कि बेचारे शिकायतकर्ता इधर से उधर मारे-मारे फिरते हैं और उनकी शिकायतों को ध्यान से नहीं सुना जाता। दो ही स्थितियों में कार्यवाही होती : या तो

कोई प्रभावशाली व्यक्ति बहुत ज्यादा जोर देकर अपनी बात को बार-बार कहता अथवा वरिष्ठ पुलिस अधीक्षक द्वारा किसी शिकायत पर विशेष रूप से ध्यान दिये जाने के लिए कहा गया होता। अन्यथा शिकायत फाइलों के ढेर में दब कर रह जाती थी। इसके बावजूद शिकायतों को लेकर आने का लोगों का सिलसिला जारी रहता था। इसे गरीब जनता की नियति कहिए या न्याय पाने की उम्मीद। देखने में यह भी आता था कि महीना दो महीना चक्कर काटने के बाद परेशान होकर वे लोग इसे अपने भाग्य की नियति मानकर चुप बैठ जाते थे। शिकायतों के निस्तारण का पुलिस विभाग का यह तरीका मुझे बिल्कुल भी न्यायसंगत नहीं लगा था।

कुछ समय बाद मुझे थानाध्यक्ष की ट्रेनिंग हेतु फूलपुर पुलिस स्टेशन भेजा गया, जो इलाहाबाद से लगभग तीस किलोमीटर दूरी पर स्थित एक मँझले आकार का तहसील मुख्यालय है। आजादी के बाद फूलपुर में इफ्को जैसी एक-दो बड़ी फैक्ट्रियाँ लगाई गई थीं, इसके अलावा यह थाना पूरी तरह से ग्रामीण अंचल वाला था।

'शहर में कर्फ्यू' जैसे उपन्यास के सुप्रसिद्ध लेखक विभूति नारायण राय मेरे पहले वरिष्ठ पुलिस अधीक्षक थे। पुलिस की सेवा करते हुए एक बेहतर इंसान बने रहने और अपनी मनुष्यता को बनाए रखने के मेरे विचार को उनसे बराबर बल मिलता रहा। उन्होंने मुझे थानाध्यक्ष की ट्रेनिंग में जाने से पहले यह सीख दी थी कि वहाँ नीचे के स्तर तक जाकर सीखना है और मुंशी के बस्ते पर भी बैठकर सीखना है। उन्होंने कहा था कि यदि अधिकारी बनकर तने रहोगे तो जिन्दगी भर कुछ नहीं सीख पाओगे। मैंने उनकी बात गाँठ बाँध ली थी।

थाना फूलपुर में प्रारम्भ के चार-पाँच दिन मेरे लिए अत्यन्त हैरानी भरे रहे क्योंकि उन दिनों सुबह से शाम तक मैं थाने में बैठा रहता लेकिन कोई मुझसे मिलने नहीं आता था। मैंने सोचा, या तो यहाँ अपराध बहुत कम हैं, अथवा हैं ही नहीं! या फिर लोगों में आपसी झगड़े नहीं होते अथवा लोगों के मन में खाकी वर्दी पर से विश्वास उठ गया है और वे लोग थाने ही नहीं आते। मैंने यह भी सोचा कि हो सकता है कि यहाँ के लोगों में पुलिस का

भय अत्यधिक व्याप्त हो और वे यहाँ कदम रखने में ही घबराते हों। पाँचवें दिन जब मैं पूरा दिन खाली बिताकर वापस लौट रहा था तो थाने के बाहर करीब पचास कदम की दूरी पर स्थित चाय की दुकान पर मुझे काफी भीड़ दिखाई दी। मैंने उत्सुकतावश वहाँ पर अपनी जीप रोकी और नीचे उतर कर एक वृद्ध आदमी से जानना चाहा कि यहाँ पर लोग क्यों इकट्ठे हैं? वृद्ध ने बताया कि वह थाने पर शिकायत लेकर आए हैं। वृद्ध ने आगे बताया कि इंसपेक्टर साहब ने उनसे कहा है कि जब तक अन्दर आई.पी. एस. साहब बैठे हैं, तब तक कोई इधर न आए और तब तक सब लोग चाय की दुकान पर ही रुकें। 'साहब जब थाने से चले जाएँगे, उसके बाद ही लोग थाने पर जाएँगे।' मैं आश्चर्य के साथ उस व्यक्ति को देखता रह गया। अब जाकर मामला मेरी समझ में आया कि क्यों मेरे पास पिछले पाँच दिनों से कोई मिलने नहीं आया था।

मैंने इंसपेक्टर को बुलवाया और पूछा कि ऐसा उसने क्यों किया, तो उसका दो टूक जबाब था, "अरे साहब, आप तो राजा आदमी हैं। आई. पी.एस. अफसर को तो राजा की तरह ही रहना चाहिए। ये सब छोटे-मोटे काम तो हम लोगों पर ही छोड़ देने चाहिए।" उसने आगे कहा, "साहब, इनको यहाँ आकर मिलने से कुछ नहीं होने वाला है। ये लोग तो ऐसे ही आते रहते हैं। इनकी सुनेंगे तो आप भी परेशान हो जाएँगे। इनका तो काम-धन्धा ही है खुद परेशान होना और दूसरों को परेशान करना।" और उसने साथ में एक भद्दी-सी गाली भी ठोकी।

ऐसा नहीं था कि ऐसा पहली बार इसी इंसपेक्टर द्वारा किया गया हो। आम तौर पर कई अधिकारी इसी तरह अपनी ट्रेनिंग बिता देते हैं और अधीनस्थ अधिकारी 'राजा साहब' कहकर उनको चने के झाड़ पर चढ़ाये रखते हैं और अपना उल्लू सीधा करते रहते हैं। कुछ ही अधिकारी होते हैं जो नीचे तक अपनी पकड़ बना पाते हैं, ऐसे अधिकारियों को स्टाफ द्वारा 'कड़क' या 'सख्त' अधिकारी की संज्ञा दी जाती है। 'राजा साहब' की श्रेणी वाले अधिकारियों के कार्यकाल में नीचे का स्टाफ ज्यादा खुश रहता है, क्योंकि ऐसे अधिकारी न तो क्षेत्र में जाते हैं, न अपराध की गहराई में जाते

हैं और न ही अधीनस्थ अधिकारियों द्वारा किए गए गलत कार्यों की तह तक जाते हैं। ऐसे अधिकारी वास्तविकता से पूरी तरह बेखबर रहते हैं। ऐसे में अधीनस्थ अधिकारियों को खुली छूट रहती है। साहब तो राजा आदमी हैं, जो काम न कर सिर्फ मौज करते हैं और उनके नीचे के भ्रष्ट अधिकारी असली राज करते हैं। जबकि उनके कार्यकाल में कर्तव्यनिष्ठ अधीनस्थ अधिकारियों को काम करने का मौका ही नहीं मिल पाता क्योंकि 'राजा साहब' चापलूस व भ्रष्ट अधीनस्थों से घिरे रहते हैं।

मैं उन सब लोगों को लेकर वापस थाने में आया जो चाय की दुकान पर इकट्ठा थे और एक-एक कर उन सभी की समस्याएँ सुनीं। अस्सी प्रतिशत मामले तो मामूली बातों पर सामने आए छोटे-छोटे आपसी झगड़ों के थे, जिनका निपटारा दोनों पक्षों की बातों को ध्यानपूर्वक व धैर्यपूर्वक सुनकर वहीं पर किया गया। ऐसे सभी लोग थाना-परिसर में समझौता हो जाने के कारण खुशी-खुशी अपने घर चले गए। उनकी खुशी और कृतज्ञता को देखकर मुझे अच्छा लगा। जब मैं थाने से वापस लौट रहा था तो जिज्ञासावश मैंने अपने हमराही पुलिस के सिपाही से उनके खुश होने का कारण पूछा। उसने मुझे बताया कि थाने का इंसपेक्टर दलाल के माध्यम से लोगों के मन में समस्या का खौफ पैदा करता था और फिर उन्हें सुलझाने का नाटक करके लोगों से मोटी रकम ऐंठता था। सिपाही ने बताया कि उसका तरीका कुछ इस तरह से होता था कि पहले एक पार्टी की शिकायत ली, उस शिकायत के आधार पर दूसरी पार्टी को थाने में उठाकर ले आए, फिर दूसरी पार्टी से पहली पार्टी के खिलाफ़ शिकायत ली, उसके आधार पर पहले वालों को भी उठा लाये और दोनों पार्टियों को जब छः-आठ घण्टे थाने में बैठा दिया जाता था, थक-हार कर उनको अपनी नादानी समझ में आ जाती थी और फिर दोनों पार्टियों का दलालों के माध्यम से समझौता कराकर व पैसा लेकर छोड़ दिया जाता था।

अगले कुछ दिनों में मुझे यह भी समझ में आया कि चाय की दुकान पर भीड़ को रोकने वाले थाने के दलाल ही होते थे। थाने की अपनी कार्यप्रणाली ऐसी होती थी कि आम आदमी थाने में सीधे घुसने की हिम्मत

ही नहीं करता था। पहले तो संतरी को देखकर ही उसे डर लगने लगता था और फिर उसके बोलने के लहजे से तो उसकी रही-सही हिम्मत भी जवाब दे जाती थी। इसके ऊपर थाने के मुंशी की डाँट-डपट। पीड़ित व्यक्ति जब उन्हें किसी अपराध की सूचना देने जाता था तो उनसे इतने सवाल पूछे जाते थे कि पीड़ित पक्ष को लगता था कि जैसे उसने खुद ही अपराध कर डाला हो। इसीलिए लोग दलालों के बिना थाने के अन्दर आने की हिम्मत नहीं जुटा पाते थे।

उस दिन लोगों की समस्याओं की मुझे जो जानकारी मिली, उनमें दो मामले ऐसे भी थे, जो थाने पर बैठकर दोनों पक्षों को सुनकर नहीं निपट पाए। दोनों पक्ष खुद को सच्चा व दूसरे को झूठा बता रहे थे। इसलिए मैंने मौका-मुआयना करने का निर्णय लिया। दोनों मामलों से जुड़ी पार्टियों को अगले दिन मैंने सुबह थाने आने का समय दिया और दोनों पार्टियों को अपनी जीप में बैठाकर हमराह स्टाफ के साथ दोनों घटनाओं के मौके पर गया। एक मामला आँगन को लेकर विवाद का था। दोनों पक्ष उसे अपना बता रहे थे। मौके पर जाकर हमने दोनों पार्टियों के नक्शे देखे और आस-पास के लोगों से पूछा तो स्पष्ट था कि वह एक आदमी के कब्जे में लम्बे समय से चला आ रहा था और दूसरी पार्टी जबरदस्ती उसे कब्जाने का प्रयास कर रही थी। कब्जा चाहने वाली पार्टी ने दलालों और प्रभावशाली लोगों के माध्यम से थाने में अपनी पकड़ बनाई हुई थी। मौके पर प्रस्तुत नक्शे व पूछताछ से यह स्पष्ट हो गया कि दूसरी पार्टी थाने से दबाव बनाकर जबरदस्ती उस आँगन पर अनधिकृत कब्जा करना चाह रही थी। मौका-मुआयना की वजह से कस्बे के लोगों के सामने दबंग पार्टी की पोल खुल गई थी। उसे भीड़ के सामने शर्मिन्दा होना

पड़ा और स्वीकार करना पड़ा कि उसका दावा झूठा था। फूलपुर कस्बे के सीधे-सरल लोगों को पहली बार लगा कि पुलिस उनके घर पर आकर भी न्याय कर सकती है। यह उनके लिए एक नई बात थी। कुछ लोगों के साथ बातें करते हुए मैंने पाया कि उनमें लगभग ऐसी अनुभूति हो रही थी कि मानो वे पुलिस व्यवस्था पर अपने खोये हुए विश्वास पर पुनर्विचार कर रहे हों।

दूसरे प्रकरण में मौके का निरीक्षण करने पर शिकायतकर्ता द्वारा बताया गया कि एक पक्ष द्वारा दूसरे के घर की दीवार तोड़ दी गई थी। मौके पर देखने पर पाया गया कि दीवार पूरी तरह क्षतिग्रस्त थी। जमीन का नक्शा देखने और आस-पास के लोगों से पूछताछ करने पर मालूम हुआ कि पहले वहाँ कोई दीवार थी ही नहीं, कुछ ही दिनों पहले थाने की मदद से वहाँ पर दीवार खड़ी की गई थी। जिस व्यक्ति ने वहाँ पर दीवार खड़ी की थी, जमीन उसी की थी, उसी के द्वारा यह भी शिकायत की गई कि दूसरी पार्टी ने थाने के प्रभाव से दीवार को तोड़ दिया था। इस प्रकरण की जड़ तक जाने पर स्पष्ट हुआ कि पहले एक पार्टी द्वारा थाना-पुलिस को पैसा देकर दीवार बनवाई गई थी, फिर दूसरी पार्टी से पैसा लेकर पुलिस ने ही दीवार को तुड़वा दिया था। इस प्रकार दोनों पक्षों से पैसा लेकर दोनों पक्षों के बीच दुश्मनी की आग और लड़ाई-झगड़े को हवा दी गई थी। मैंने मौके पर ही ग्राम प्रधान और गाँव के सम्भ्रान्त लोगों को बुलाकर दोनों पक्षों के मध्य सर्वमान्य समझौते की पेशकश की जिसे उन्होंने सहर्ष स्वीकार कर लिया। इन दोनों घटनाओं के बारे में मैंने तत्काल एस.एस.पी. को भी अवगत कराया। एस.एस.पी. द्वारा प्रकरण की गम्भीरता को देखते हुए हल्का-प्रभारी को निलम्बित कर दिया गया व इंसपेक्टर को लाइन हाजिर कर दिया गया।

इस घटना के बाद पूरे थाना क्षेत्र में यह बात फैल गई कि पुलिस द्वारा स्वंय मौके पर जाकर तत्काल समस्याओं का निस्तारण कर दिया जाता है। इस कार्यवाही से एक अच्छी बात यह हुई कि गलत शिकायतों को लेकर लोगों का थाने में आना बन्द हो गया और थाने में दलालों का प्रवेश पूरी

तरह प्रतिबन्धित कर दिया गया। अब मुझे यह बात समझ में आयी कि इलाहाबाद पुलिस कार्यालय में करीब दो सौ लोग क्यों रोज शिकायत लेकर इकट्ठा हो जाते हैं। इस तरह के कुछ लोग हर थाने से जुड़े होते हैं, जिनको पैसे वालों या प्रभावशाली व्यक्तियों की थाने पर पकड़ के कारण थाना स्तर पर न्याय नहीं मिल पाता। कुछ लोगों को पुलिस कार्यालय जाने से भी न्याय नहीं मिल पाता है तो वह कोर्ट कचहरी के चक्कर काटते रहते हैं। स्पष्ट था कि यदि थाना स्तर पर अच्छी पुलिसिंग हो जाय तो सीधे-सादे ग्रामीणों को दर-दर की ठोकरें न खानी पड़ें। उनकी समस्याओं को सुनकर तत्काल निपटाने से या पुलिस के प्रभाव से मौके पर ही समझौता करा देने से गाँव में अमन शांति बनाये रखी जा सकती है।

इसके बाद मैंने अपना ध्यान थाना क्षेत्र में होने वाले छोटे-छोटे अपराधों पर दिया। अपराधियों की पूरी सूची बनाकर बारी-बारी से प्रत्येक गाँव के रजिस्टर नम्बर-8 को लेकर दिन में ही हर एक अपराधी के घर पर पुलिस टीम को लेकर गया। रजिस्टर नं.-8 थाने पर रखा जाने वाला प्रत्येक गाँव का ऐसा रजिस्टर होता है जिसमें उस गाँव का पूरा ब्यौरा रहता है सम्भ्रान्त लोगों का भी और अपराधियों का भी। इसका क्षेत्र में बहुत ही अच्छा प्रभाव पड़ा क्योंकि प्रो-एक्टिव पुलिसिंग का यह सबसे महत्वपूर्ण कदम है। यदि हम अपराधियों को चिह्नित कर उनका पीछा करेंगे तो अपराधियों को यह मालूम रहेगा कि पुलिस की हम पर नजर है। ऐसी कार्यवाही से अपराधी क्षेत्र छोड़ कर भाग जाते हैं। प्रो-एक्टिव पुलिसिंग में पुलिस पहले से ही अपराधियों को चिह्नित कर उनका पीछा करती है तथा उनके खिलाफ़ कार्यवाही करती है, इससे अपराधों में कमी आ जाती है। यदि हम ऐसा नहीं करते हैं तो सक्रिय अपराधी अपराध करते रहते हैं और पुलिस उनके पीछे दौड़ती रहती है।

इसी कड़ी में कुछ ऐसे लोगों के खिलाफ गुण्डा एक्ट की कार्यवाही की गई, जो अपने मोहल्ले या इलाके में छोटी-छोटी बातों में मारपीट करते थे या महिलाओं से छेड़खानी करते थे। इस तरह के लोगों को कहीं पर 'दादा', कहीं पर 'गुण्डा' व कहीं पर 'भाई' कहा जाता है। स्थानीय स्तर

पर ऐसे उचक्कों का आतंक इस कदर होता है कि लोग इनकी शिकायत करने से कतराते हैं। लोग सोचते हैं कि प्रभावशाली लोगों के दबाव में इनका तो कुछ बिगड़ेगा नहीं, व्यर्थ में कीचड़ में पत्थर फेंकने से वे लोग ही परेशान होंगे। लोगों को यह भी भरोसा नहीं होता कि थाने द्वारा उनकी शिकायत पर उन उचक्कों के विरुद्ध कार्यवाही की जाएगी। उनकी यह धारणा काफी हद तक सच भी है। मैंने ऐसे लोगों को चिन्हित कर उनके विरुद्ध गुण्डा एक्ट के अन्तर्गत जिला बदर करने हेतु कार्यवाही प्रारम्भ की।

पंद्रह दिन में ही परिणाम सामने थे। अब लोगों का पुलिस पर विश्वास बढ़ गया था और उनके मन से थाने पर आने का डर समाप्त हो गया था। आम लोगों में चर्चा थी कि कोई भी व्यक्ति अपनी समस्या लेकर बिना किसी रोक-टोक अथवा दलाल के थाने पर जा सकता है। गाँव एवं मौहल्लों के जिन अपराधियों के विरूद्ध कार्यवाही की गई थी, उससे भी लोगों के मन में अपराधियों का डर खतम हुआ और वे आगे आकर खुलकर अपने मौहल्ले के छोटे-बड़े सभी प्रकार के अपराधियों के सम्बन्ध में सूचना देने लगे। कुल मिलाकर थाने पर हर किसी की समस्या ध्यान से सुनकर उसका विधिक निराकरण करने से लोगों में पुलिस की विश्वसनीयता बड़ी थी। आम आदमी की पहुँच अधिकारी तक थी और उनकी शिकायतों पर तत्काल कार्यवाही होती थी।

इस कार्यवाही के बाद मैं इस नतीजे पर पहुँचा कि यदि पुलिस आसानी से हर किसी को उपलब्ध हो, अपनी संवेदनशीलता बनाए रखे, आम आदमी को पुलिस तक जाने में डर न लगे और पुलिस उनकी समस्याओं को सुनकर निष्पक्ष कार्यवाही करे तो निःसंदेह लोगों के मन में पुलिस के प्रति विश्वास जगेगा और उनके मन में यह धारणा मजबूत होगी कि पुलिस मूलतः उन्हीं लोगों की मदद के लिए बनी है।

फूलपुर की ट्रेनिंग से पहले कभी-कभी मुझे लगता था कि कहीं मैं अभिमन्यु की तरह चक्रव्यूह में तो नहीं फँस गया हूँ, जहाँ सारे रास्ते आपस में उलझ गए हैं और मेरे पास बाहर निकलने का कोई रास्ता ही नहीं है...'अर्द्धसत्य' फिल्म के नायक की तरह कहीं कुन्ठा तो मुझे नहीं घेर लेगी?

कहीं मुझे सारी जिंदगी एक घुटन भरे माहौल में तो नहीं बितानी पड़ेगी? मुझे लगता था कि मैं एक चौराहे पर खड़ा कर दिया गया हूँ और कुछ लोग मेरे पाँवों को अपने क्रूर पंजों से दबोचे मुझे घेरे हुए हैं। ये सब मेरे परिचित चेहरे हैं...कुछ तो मेरे ही विभाग के हैं, कुछ समाज के संभ्रांत विशिष्ट लोग हैं और कुछ लोग अपने कंधों पर रुपयों से भरी भारी थैलियाँ लिए हैं। लेकिन फूलपुर के अनुभव के बाद मुझे विश्वास हो गया कि यदि मामले की तह तक जाकर, इंसानियत के नजरिये से सोचते हुए संवेदनशील मन से एवं निष्पक्ष भाव से अच्छे लोगों के प्रति मित्रवत् व बदमाशों के प्रति कठोरता से व्यवहार कर, पुलिस और जनता के बीच समन्वय स्थापित कर पुलिसिंग की जाय तो जटिल से जटिल चक्रव्यूह को भेदना और उससे बाहर निकलना मुश्किल नहीं है।

* * *

“जुम्मन शेख के मन में सरपंच का उच्च स्थान ग्रहण करते ही अपनी जिम्मेदारी का भाव पैदा हुआ। सोचा–मैं इस वक्त न्याय और धर्म के सर्वोच्च आसन पर बैठा हूँ। पंचों की जुबान से जो बात निकलती है–वह खुदा की तरफ से निकलती है। देवों की वाणी में मेरे अपने मनोविकारों का कदापि समावेश नहीं होना चाहिए। मेरा सच से जौ भर भी टलना उचित नहीं।”

(प्रेमचन्द की कहानी ‘पंच परमेश्वर’ से)

4

पंच परमेश्वर या...

रुड़की हरिद्वार जनपद में स्थित एक महत्वपूर्ण शहर है। यहाँ करीब डेढ़ सौ वर्ष पहले देश का पहला इंजीनियरिंग कॉलेज 'थॉमसन कॉलेज ऑफ इंजीनियरिंग' के रूप में स्थापित किया गया था जो बाद में रुड़की इंजीनियरिंग विश्वविद्यालय के नाम से प्रसिद्ध हुआ एवं वर्तमान में आई.आई.टी. में परिवर्तित हो चुका है। यह शहर गंगनहर के किनारे बसा हुआ है। यहाँ नहरों के निर्माण में कर्नल

कोटले की इंजीनियरिंग का उत्कृष्ट नमूना देखने को मिलता है। रुड़की के चारों तरफ देहात का क्षेत्र है। इस क्षेत्र की संस्कृति और लोक परम्पराएँ हरिद्वार की अपेक्षा सीमावर्ती जनपदों मुजफ्फरनगर और सहारनपुर से ज्यादा मिलती हैं।

वर्ष 1996 में रुड़की के इसी देहात क्षेत्र में एक ऐसी घटना घटित हुई, जिसने पूरी मानव जाति का और हमारी सदियों पुरानी न्याय-परम्परा का सिर शर्म से झुका दिया। यह एक बीस साल के मजदूर और उसकी पत्नी के साथ घटित लोमहर्षक, शर्मनाक और क्रूर घटना की कहानी है, जिसमें पंचायत ने न्याय के नाम पर एक गरीब महिला के साथ घोर अन्याय कर डाला था और उसकी मदद को गाँव का कोई भी व्यक्ति सामने नहीं आया था।

एक दिन जब मैं हरिद्वार स्थित एस.एस.पी. ऑफिस में बैठा काम कर रहा था तो एक थानाध्यक्ष का फोन आया। वह बहुत ही डरी हुई आवाज़

में बोल रहा था। उसने बताया कि मजदूर किस्म का एक आदमी पास के गाँव से एक बैलगाड़ी से चलकर आया है। बैलगाड़ी में एक टूटी-सी चारपाई पर उसकी पत्नी लगभग अचेतावस्था में पड़ी है और बिल्कुल भी हिलने-डुलने व बोलने की स्थिति में नहीं है। थानाध्यक्ष ने बताया कि शिकायतकर्ता बता रहा है कि गाँव के ही 15-16 लोगों ने उसकी पत्नी के साथ सामूहिक बलात्कार किया है।

घटना सचमुच ही अत्यन्त अमानवीय व रोंगटे खड़े कर देने वाली थी, परन्तु थानाध्यक्ष को डरने के बजाय तत्काल कार्यवाही करने की जरूरत थी। मैंने फोन पर ही महिला को तत्काल अस्पताल पहुँचाने के निर्देश दिए और स्वयं भी अस्पताल होते हुए घटनास्थल के लिए चल पड़ा। रुड़की हरिद्वार से लगभग 30 कि.मी. दूर है। जब तक मैं रुड़की पहुँचा तब तक महिला को चिकित्सकीय सहायता दी जाने लगी थी। मैंने गौर से उस महिला को देखा, वह टक-टकी बाँधे भाव शून्य होकर अपने बिस्तर पर पड़ी हुई थी व किसी भी प्रकार की प्रतिक्रिया नहीं कर रही थी। डॉक्टर ने मुझे बताया कि महिला गम्भीर मानसिक आघात की स्थिति में है, इसीलिए वह बोल नहीं पा रही है। शारीरिक रूप से भी उसमें बैठने, उठने या चलने की क्षमता नहीं बची है। परन्तु उसकी जान को खतरा नहीं था।

मेरे अस्पताल पहुँच जाने के बाद चिकित्सकीय सहायता में तेजी आई और पीड़ित महिला को अच्छे स्तर की दवाइयाँ और इंजेक्शन उपलब्ध कराये जाने लगे। डॉक्टर से मैंने इस महिला को एक प्राइवेट वार्ड तत्काल उपलब्ध कराने को कहा क्योंकि मुझे लगा कि जनरल वार्ड में इतनी शर्मनाक घटना की बार-बार चर्चा होने से उसे व उसके पति को और अधिक दुःख और मानसिक आघात पहुँचेगा।

उसका पति बीस-बाइस साल का एक दुबला-पतला मजदूर लगता था, जो फटे-पुराने एवं मैले-कुचैले कपड़े पहने हुए था। उससे पूछताछ करने पर मुझे पता चला कि वह और उसकी पत्नी गाँव के पास के ईंट के भट्ठे में मजदूरी का काम करते थे। ठेकेदार के मुंशी की उसकी पत्नी पर बुरी नजर

थी और धीरे-धीरे उसने उसको पैसे और ऐशोआराम के लालच में अपने जाल में फँसा लिया था। जब से उसकी शादी हुई थी, यह महिला दिन भर ईंट-पत्थर ढोने का काम करती थी। शादी के रंगीन सपने उसके लिए मात्र सपने बन कर रह गए थे क्योंकि दस-बारह घण्टे की हाड़-तोड़ मेहनत के बाद पति-पत्नी दोनों घर में आकर निढाल होकर पड़ जाते थे और उनमें वैवाहिक जीवन का सुख भोगने की शक्ति या इच्छा ही नहीं बची रहती थी। महिला को तो परिवार का खाना आदि भी बनाना पड़ता था। मुंशी द्वारा दिखाये जा रहे ऐशो-आराम के सपनों में इस महिला को अपने इन सब दुखों का छुटकारा नजर आता था। अन्ततः एक दिन यह महिला अपने पति और धर्म को ठोकर मारकर ठेकेदार के मुंशी के साथ उसकी मोटर साइकिल पर भाग गई।

इस मजदूर ने ठेकेदार से बात कर अपनी पत्नी को ढुँढवाने में मदद की गुजार की तो ठेकेदार ने उसे मदद का आश्वासन दिया। ठेकेदार के आश्वासन के बावजूद मजदूर स्वयं साइकिल ले कर अपनी पत्नी को ढूँढने के लिए इधर से उधर दौड़ता रहा। अन्ततः एक महीने बाद उसने अपनी पत्नी को खोज ही निकाला। इस एक महीने में उसकी पत्नी के मुंशी के साथ ऐशो-आराम के सपने चकनाचूर हो चुके थे। मुंशी का अपना परिवार भी था, जिस पर भी उसे खर्च करना पड़ता था। इस नवयुवती महिला को मुंशी ने अपनी रखैल बना छोड़ा था। जब उसका मन होता तो उसके पास आ जाता बाकी समय अपने परिवार में ही बिताता था। धीरे-धीरे मुंशी ने उसे पैसा व जरूरत की चीजें देना भी बन्द कर दिया था। महिला को हमेशा समाज से छुप कर रहना पड़ता था। ऐसे बन्दी जीवन से तो उसे अपनी ईंट-पत्थर की मजदूरी की जिन्दगी ज्यादा अच्छी लगने लगी थी और उसे रह-रह कर अपने पति की याद सताने लगी थी।

आखिरकार एक महीने बाद ठेकेदार के दबाव से मुंशी ने उसकी पत्नी उसे वापस कर दी। गरीबी के मारे मजदूर ने इस घटना को अपने दुर्भाग्य के रूप में स्वीकार कर लिया। पैसे वाले और प्रभावशाली लोगों से मजदूर

को उसकी पत्नी वापस मिल गई थी, यही उसके लिए बहुत था। वह अपनी पत्नी को पाकर खुश था और उसके साथ खुशी-खुशी अपना जीवन बिताना चाहता था। उसमें न तो कोई बदला लेने की क्षमता थी और न ही उसकी ऐसी भावना थी।

वह अपनी पत्नी को लेकर लगभग शाम के वक्त अपने गाँव पहुँचा तो खबर पूरे गाँव में आग की तरह फैल गई। ग्रामीण जीवन की एक खास बात यह है कि व्यक्ति का अपना निजी कुछ भी नहीं होता। व्यक्ति के साथ घटित हर घटना और घटना से जुड़े पहलुओं के बारे में हर किसी को सब कुछ मालूम होता है। व्यक्ति की अपनी निजी ज़िन्दगी वहाँ न के बराबर होती है। इस घटना के बारे में पता चलते ही मामले पर विचार करने के लिए गाँव में रहने वाले उसकी जाति के तथाकथित मान-मर्यादा के ठेकेदारों ने आनन-फानन में एक पंचायत बुलायी।

शुरू से ही यह पति-पत्नी पंचायत के सामने एक कोने में दुबके बैठे थे। महिला के भागने से लेकर वापस आने तक की पूरी कहानी उसके पति ने पंचायत को सुनाई। फिर पंचायत में बड़े-बुर्जुगों और समाज के नैतिकता के ठेकेदारों ने महिला के भागने की परिस्थितियों पर विचार किया। पूरी सुनवाई और विचार-विमर्श के बाद पंच-परमेश्वर ने महिला को ही दोषी ठहराया। पंचायत का कहना था कि यह महिला दूसरी जाति के व्यक्ति के साथ भाग गई थी उसे भागना ही था तो उनकी जाति के लोगों में मर्दों की कमी नहीं थी। उन्हें यह अपनी बिरादरी की मर्दानगी का अपमान लगा। पंचायत ने न तो ठेकेदार और औरत भगाने वाले की अमीरी और मजदूर की गरीबी की परिस्थितियों पर कोई ध्यान दिया और न ही इनके भविष्य में चैन की जिन्दगी जीने की इच्छा की ही परवाह की। पंचायत का निर्णय था कि चूँकि उस

औरत ने दूसरी जाति के आदमी के साथ भागकर पूरी जाति की इज्जत व सम्मान को मिट्‌टी में मिला दिया था, अतः गाँव के उसी जाति के सभी पुरुष इस महिला से बदला लेंगे और उस औरत को अपनी मर्दानगी का प्रमाण देगें। पंचायत द्वारा इस महिला को दोषी ठहराया गया था पर आश्चर्यजनक बात यह थी कि दोषी को अपना पक्ष रखने के लिए एक भी शब्द बोलने का अवसर नहीं दिया गया था।

पंचायत के निर्णय के बाद उसकी जाति के लोगों में अपना पौरुष सिद्ध करने की होड़-सी लग गई। मजदूर का एक कच्चा खपरैल का घर था और उसी कोठरी के एक कोने में टूटी-फूटी चारपाई पर महिला के साथ जाति के ठेकेदारों ने एक-एक कर सामूहिक बलात्कार किया। बेचारी व बेबस महिला के शरीर के साथ खिलवाड़ होता रहा, उसकी इज्जत तार-तार होती रही परन्तु उसमें न तो विरोध की शक्ति थी और न ही वह विरोध करने के लिए सक्षम थी। उसका असहाय पति भी दरवाजे के बाहर खड़ा रहा और एक-एक करके सोलह लोगों को अन्दर जाते और आते देखता रहा। यह कुकृत्य रात के लगभग नौ बजे शुरू हुआ था और आधी रात तक महिला के बेहोश होने के बाद ही रुक पाया। यह सारी हैवानियत तब रुकी जब उसकी बेहोशी से लोग डर गए कि कहीं महिला मर तो नहीं गई। विडम्बना यह थी कि गाँव के किसी भी बड़े-बूढ़े ने इसका विरोध नहीं किया। पूरे गाँव की जानकारी में इतना जघन्य अपराध होता रहा परन्तु किसी ने भी न तो इसे रोकने की कोशिश की और न ही पुलिस में जाकर मामले की रिपोर्ट करने की कोशिश की।

प्रातः होने पर यह मजदूर किसी की बैलगाड़ी उधार माँगकर, अपनी पत्नी को उसी टूटी-फूटी चारपाई सहित, जिसमें कि महिला के साथ बलात्कार हुआ था, बैलगाड़ी में डालकर थाने पर ले आया और घटना की सूचना थानाध्यक्ष को दी। महिला के पति से यह सब जानकारी प्राप्त कर मुझे जातीय पंचायतों के इस तरह के शर्मनाक फैसले पर अत्यन्त अफसोस हुआ और गुस्सा भी आया। मैं अस्पताल से तत्काल थानाध्यक्ष के साथ घटनास्थल के लिए चल पड़ा।

गाँव में पहुँचकर मैंने उस मजदूर की कच्ची कोठरी व इस जघन्य अपराध के घटनास्थल को देखा। यह घर गाँव के एक कोने में स्थित था। बीच में एक बड़ा-सा कच्चा आँगन था और उसके चारों ओर छोटी-छोटी कोठरियाँ बनी थीं। उन्हीं में से एक कोठरी उस मजदूर की थी। इसी बीच के आँगन में यह पंचायत हुई थी, जिसमें यह शर्मनाक, अमानवीय और पाशविक फैसला सुनाया गया था। मौके पर हुई पूछताछ व तफ्तीश से पूरी घटना स्पष्ट हो चुकी थी। जैसा कि पीड़ित महिला के पति ने बताया था, यह शर्मनाक घटना वहीं पर घटी थी।

मैंने पीड़ित महिला के साथ बलात्कार करने वाले सभी सोलह लोगों की गिरफ्तारी के आदेश दिए। इन लोगों के अतिरिक्त मैंने पंचायत में फैसला सुनाने वाले सभी पंचों को भी गिरफ्तार करने के आदेश दिये, क्योंकि ये सब इस जघन्य अपराध में सह-अपराधी थे। थानाध्यक्ष ने मुझे समझाने की कोशिश की कि ऐसा करने से क्षेत्र के जाति-विशेष के सारे लोग नाराज हो जाएँगे, और थाना क्षेत्र में शांति व्यवस्था बनाए रखना मुश्किल हो जाएगा। इसके बावजूद मेरे आदेश स्पष्ट थे। जाति की झूठी मान-मर्यादा के नाम पर पंचायत ने पूरी मानवीयता को शर्मसार एवं कलंकित कर डाला था। ये कैसे पंच परमेश्वर थे जिनका दिल इतने अमानवीय, पाशविक एवं पूरी नारी जाति को बेइज्जत करने वाले आपराधिक फैसले को करते वक्त भी नहीं पसीजा! इस तानाशाही फैसले के आगे तो द्रौपदी का चीर हरण भी फीका पड़ जाएगा। ऐसे पंच-राक्षसों को यदि छोटी-छोटी बातों से डर कर सजा नहीं दी गई तो समाज में जाति के नाम पर इस तरह के जघन्य अपराध होते रहेंगे। इसलिए गिरफ्तारी तत्काल की जानी आवश्यक थी।

थानाध्यक्ष की यह भी सोच थी कि इसको जाति-विशेष के लोगों से कुछ मुआवजा दिला दिया जाए और मामले को रफा-दफा कर दिया जाय। तब मेरी समझ में आया कि थानाध्यक्ष शुरू में सूचना देते वक्त क्यों डरा हुआ था। हमारी व्यवस्था की त्रासदी यह है कि व्यवस्था के संचालन के लिए जो लोग जिम्मेदार हैं उन्होंने मामले पर कभी भी सही दृष्टिकोण से विचार नहीं किया और खुद को बचाने के चक्कर में इस तरह के मामले

को दबाने में ही यकीन किया है। यह मानकर कि उसके क्षेत्र में इतना जघन्य अपराध कैसे हो गया, थानाध्यक्ष के विरुद्ध निलम्बन की कार्यवाही न हो जाय, इसलिए वह डरा हुआ था। इस तरह के अपराध में थानाध्यक्ष क्या कर सकता था? यह उसके सक्रिय होने से रुकने वाले अपराधों में से नहीं था, यह तो एक प्रकार का सामाजिक अपराध था, जो लोगों की संकुचित दृष्टि और गन्दी मानसिकता का परिणाम था। जाति के सम्मान के नाम पर एक महिला के साथ इतना बड़ा घृणित कार्य कर डाला गया था। मैंने अपने निर्णय पर अडिग रहते हुए थानाध्यक्ष को तत्काल पूरी कार्यवाही करने के निर्देश दिए। मैंने उसे यह भी आश्वासन दिया कि उसके विरुद्ध कुछ नहीं होने वाला था बल्कि यदि उसने घटना को दबाने का प्रयास किया होता तो उसके विरुद्ध निश्चित रूप से कार्यवाही होती।

मेरे आवश्वासन के बाद थानाध्यक्ष ने जोश और हौसला दिखाया व सभी अपराधी और उनका साथ देने वाले पंचायत के सदस्यों को गिरफ्तार कर जेल भेजा गया और उनके विरुद्ध न्यायालय में मुकदमा चलाने हेतु चार्ज-शीट न्यायालय भेज दी गई।

यह घटना कितनी बड़ी और सनसनीखेज थी, इसका अन्दाजा मुझे अगले दिन अखबारों में छपे समाचारों से मिला। अगले दिन इस घटना को सभी क्षेत्रीय व राष्ट्रीय अखबारों द्वारा प्रथम पृष्ठ पर प्रमुखता से छापा गया था। तीसरे दिन राष्ट्रीय महिला आयोग भी पूछताछ हेतु रुड़की आया। मीडिया और महिला आयोग द्वारा घटना पर दुख प्रकट किया गया किन्तु पुलिस के कार्य की सराहना की गई।

थानाध्यक्ष को अब जाकर मेरी बात समझ में आई कि यदि उसने घटना को छिपाने या दबाने का प्रयास किया होता तो वह भी एक प्रकार का अपराध कर रहा होता और खाकी को इंसानियत की मदद न करने पर दागदार होना पड़ता। पीड़ित को न्याय न दिलवाना भी तो आखिर एक अपराध है!

* * *

पाहोम को अपना सपना याद आया और उसके मुँह से एक चीख निकल पड़ी, उसकी टाँगें जवाब दे गईं और वो गिर पड़ा। चीफ बोला "कितना अच्छा आदमी था! उसने कितनी जमीन इकट्ठा की थी!"

पाहोम का नौकर दौड़ते हुए आया और उसने उसे उठाने की कोशिश की परन्तु पाहोम के मुँह से खून निकल रहा था और वो मर चुका था।

नौकर ने फावड़ा उठाया और पाहोम के लिए कब्र खोदी-और उसे दफना दिया।

उसे सिर से पाँव तक सिर्फ छः फुट जमीन की ही जरूरत थी।

(टॉलस्टाय की कहानी 'हाउ मच लेण्ड डज ए मैन नीड' की आखिरी लाइनें)

5

भू-माफिया

पुलिस में सबसे ज्यादा शिकायतें जमीन सम्बन्धित झगड़ों की आती हैं। किसी ने किसी की जमीन दबा ली है तो कोई किसी को रास्ता नहीं दे रहा है। किसी ने दूसरे की जमीन पर ही दीवार बना दी है तो किसी ने दीवार ढहा दी है आदि-आदि...। कहीं भाई-भाई का झगड़ा है तो कहीं पड़ोसी-पड़ोसी का। सारे-के-सारे जमीन के झगड़े! ये कोई आज के झगड़े नहीं हैं, ये तो सदियों से चले आ रहे हैं। पुराने जमाने से अपराध के तीन मुख्य कारण माने जाते रहे हैं : 'जर, जोरू और जमीन'। परन्तु जब से जमीन के भाव बढ़ गए हैं, इसमें एक नया पक्ष जुड़ गया है और वह है गुण्डों, बदमाशों और माफियाओं का धनबल और बाहुबल का यह एक ऐसा अपवित्र गठजोड़ बनता गया है जो जमीन कब्जाने में इतना माहिर हो गया है कि वह पुलिस और कोर्ट-कचहरी से भी नहीं डरता। भू-माफिया आम-आदमी की इस कमजोरी का फायदा उठाता है कि पुलिस और कोर्ट-कचहरी की शरण में जाने पर इतनी कानूनी पेचीदगियाँ झेलनी पड़ती हैं कि इससे तो अच्छा है, कुछ और पैसा खर्च करके समझौता कर लिया जाय।

माफिया का अपना तंत्र और अपनी एक व्यवस्था विकसित होती चली गई है। ये लोग जमीनों पर कब्जा करवाने, कब्जा खाली करवाने, फर्जी कागजात, फर्जी बैनामा, फर्जी वसीयत आदि बनवाने में माहिर होते हैं। रजिस्ट्री ऑफिस तक भी इनकी पहुँच होती है। कभी-कभी ये लोग दूसरे लोगों की जमीन की भी रजिस्ट्री करवा डालते हैं और कभी एक ही जमीन की दो-तीन रजिस्ट्री करवा लेते हैं। 'खोसला का घोंसला' फिल्म की कहानी इसी व्यवस्था का कच्चा चिट्ठा है।

प्रायः देखने में आया है कि ऐसे मामलों में पुलिस की भूमिका बहुत सकारात्मक नहीं होती। पैसे और प्रभावशाली लोगों के दखल के कारण पुलिस भी जाने-अनजाने माफिया के ही हितों को बढ़ावा दे रही होती है। पुलिस की भूमिका के दो पहलू हैं जो कि पीड़ित के खिलाफ जाते हैं। पहला तो यह कि जब झगड़ा होगा तो पुलिस दोनों पार्टियों को बन्द कर देती है। पुलिस का यह सिद्धांत गुण्डे-बदमाश और माफियाओं को खूब रास आता है क्योंकि माफिया अपने साथ गुण्डे और बदमाशों को रखते हैं, जो जेल जाने से नहीं डरते। उन्हें इसी काम के तो पैसे मिलते हैं, जबकि आम आदमी जेल जाने के नाम से ही काँपने लगता है। अंततः परेशानी तो पुलिस को ही झेलनी पड़ती है क्योंकि भू-माफिया का उद्देश्य ही यह रहता है कि आम आदमी थक हार कर औने-पौने दामों में सम्पत्ति बेचकर भाग जाए।

दूसरी बात जो पुलिस की छवि पर बट्टा लगाती है, वह है पुलिस का ऐसा रवैया जिसके अनुसार भूमि के मामलों में पुलिस यह कहकर अपना पल्ला झाड़ लेती है कि 'यह तो पुलिस केस है ही नहीं, दीवानी का मामला है, इसके लिए आप कोर्ट में जाकर केस लड़िए'। इसके पीछे भी धनबल या प्रभावशाली लोगों का हाथ होता है। इस तरह के बहाने पुलिस अपनी सुविधानुसार बनाती है। मामला दीवानी का है अथवा फौजदारी का, इस बात का फैसला आम तौर पर केस के तथ्यों पर आधारित नहीं होता बल्कि कई प्रकार के निहित स्वार्थ इसमें सम्मिलित होते हैं। कई बार माफिया के प्रभाव में भी पुलिस मामले को दीवानी का मामला बताकर रफा-दफा कर देती है।

वास्तविकता यह है कि आज की तारीख में कोई भी दीवानी मामला बिना पुलिस की मदद के नहीं सुलझ पाता है। यदि कोई किसी की जमीन

को फर्जी वसीयत के आधार पर बेच दे तो यह साफ-साफ धोखाधड़ी का आपराधिक मामला हुआ परन्तु उसे न्यायालय का मामला कह कर टाल देने से पीड़ित को कभी न्याय नहीं मिल पाता। इसी प्रकार यदि कोई पार्टी गुण्डों की सहायता से किसी के घर का सामान उठवाकर बाहर फेंक दें तो यह साफ-साफ आपराधिक मामला हुआ किन्तु ऐसे लोग धन, बल और बाहुबल से इस तरह के मामले को भी दीवानी का मामला बताकर टालने के चक्कर में रहते हैं।

एक बार एक बूढ़ा आदमी अपनी पुत्रवधू के साथ मुझसे मिलने आया। वह केन्द्रीय अर्धसैनिक बल से इंसपेक्टर के पद से रिटायर हुआ था। उसने पूरी ज़िन्दगी ईमानदारी से नौकरी की थी और रिटायरमेंट के बाद जीपीएफ, ग्रेच्युटी आदि मिलाकर उसके पास कुल बारह लाख रुपये जमा हुए थे। जिंदगी भर पैरा-मिलिट्री की भाग-दौड़ वाली नौकरी खत्म करके अब वह किसी एक जगह पर शांति से घर बनाकर रहना चाहता था ताकि पैरामिलिट्री की तरह उसे रोज-रोज अपना बोरिया-बिस्तर न उठाना पड़े।

जब वह अपने लिए जमीन की तलाश कर रहा था, एक जमीन बेचने वाला ग्रुप उससे टकराया। इस ग्रुप ने जो जमीन उसको दिखायी वह उसको अच्छी लगी क्योंकि वह उसकी सभी जरूरतों के अनुरूप थी और दाम भी आस-पास की जमीनों के हिसाब से कुछ कम थे। अन्ततः बारह लाख में सौदा पक्का हो गया और उसने पैसा देकर रजिस्ट्री भी करा ली।

रिटायर्ड इंसपैक्टर जब जमीन पर कब्जा लेने गया तो उस जमीन पर कोई और बैठा हुआ था। उसने उनके कागज़ात देखे और रजिस्ट्री आफिस से मालूम किया तो पता चला कि सचमुच वह जमीन उसी के नाम थी, जो जमीन पर कब्जा किऐ हुए था। जिन लोगों ने उसके नाम रजिस्ट्री की थी उनके नाम वह जमीन थी ही नहीं। तब जाकर उसे अपने साथ हुई धोखाधड़ी का पता चला। शुरू में उसने जमीन के मालिक तथा कब्जेदार से झगड़ा करने का प्रयास किया किन्तु जल्द ही उसकी समझ में आ गया कि जमीन के मालिक की कोई गलती नहीं है बल्कि भू-माफियाओं द्वारा उसके साथ बारह लाख रुपये की धोखाधड़ी की गई है। धोखाधड़ी भी

इतनी सफाई से की गई थी कि भोले-भाले इंसपैक्टर को इसका पता ही नहीं चल पाया। ऐसे में वह भू-माफिया के पास पैसा वापस लेने गया किन्तु इस बार उनके तेवर ही अलग थे। उन्होंने पैसा देने से साफ इन्कार कर दिया और इंसपेक्टर से कहा, "हाँ, जमीन उस कब्जेदार के नाम भी है और तुम्हारे नाम भी है...यदि तुममें हिम्मत है तो जमीन पर कब्जा कर लो।"

सेवानिवृत्त निरीक्षक ने क्षेत्र के संभ्रान्त लोगों से सम्पर्क कर दबाव बनाने का प्रयास किया ताकि उसका पैसा उसे वापस मिल जाय किन्तु भू-माफिया की पहुँच उन लोगों से कहीं ऊपर तक थी और फिर माफिया के गुण्डों की वजह से कोई भी उनसे पंगा नहीं लेना चाहता था। इलाके के सरमायेदार लोगों ने मामले में दखल देने से मना कर दिया और इंसपैक्टर से कहा कि अच्छा हो, वह पुलिस महकमे के पास जाए। ऐसे में उसके पास कोई दूसरा रास्ता था भी नहीं, खून-पसीने की कमाई और बुढ़ापे की आस को वह इतनी आसानी से कैसे छोड़ सकता था।

पुलिस थाने में यह भू-माफिया ग्रुप पहले ही अपनी पकड़ बना चुका था, क्योंकि यह उनका पहला केस नहीं था। इस तरह के कई लोगों को पहले भी वह धोखाधड़ी का शिकार बना चुके थे। जैसा कि मैं पहले भी स्पष्ट किया गया है, धनबल व बाहुबल से चीजें दबा दी जाती हैं। और जब यह थका-हारा बूढ़ा आदमी पुलिस थाने पहुँचा तो उसको वही रटा-रटाया जवाब मिला। थानेदार ने बताया कि यह तो दीवानी का मामला है, इसमें पुलिस कुछ नहीं कर सकती। उसको जाकर न्यायालय का दरवाजा खटखटाना चाहिए और वहीं से उसको न्याय मिलेगा। अब उसने वकीलों के चक्कर काटे। वहाँ उसकी समझ में आया कि न्यायालय में तो ऐसे मामले बीसियों सालों तक लटके रहते हैं। जब तक उसे कब्जा मिलेगा तब तक तो उसकी जिन्दगी ही खत्म हो चुकी होगी। कुल मिलाकर, वह समझ चुका था कि न्यायालय जाने की न तो उसकी हिम्मत थी और न ही आगे जाने के लिए उसके पास पैसा था।

बूढ़ा आदमी जब चारों तरफ से न्याय की उम्मीद खो चुका था, तब उसे किसी ने मुझसे मिलने की सलाह दी और बताया कि वहाँ जाकर हो

सकता है कि उसे कोई रास्ता मिल जाय। उस वृद्ध ने अपनी सारी आपबीती सुनाई। लगभग गिड़गिड़ाते हुए उसने कहा, ''साहब, मेरी जिन्दगी-भर की कमाई भू-माफियाओं ने हड़प ली है। न मुझे जमीन मिली है, न ही मेरा पैसा मुझे वापस मिला है। मैं सब जगह दौड़ लगाकर थक-हार चुका हूँ। अब आप ही मेरी आखिरी उम्मीद हैं।''

उसकी पूरी बात सुनकर मैं समझ गया था कि यड़ आदमी धोखाधड़ी का शिकार हो चुका है। थानाध्यक्ष ने जिस तरह से उसके साथ मीठी बातें करके उसे न्यायालय की शरण में जाने की सलाह दी थी, उससे स्पष्ट था कि माफिया ने अपनी पैठ थाने में भी बना रखी थी। मेरी नजरों में यह केस साफ-साफ भारतीय दण्ड संहिता की धारा चार सौ बीस के अन्तर्गत अपराध की श्रेणी में आता था। इस धारा में कुल मिलाकर दो ही बातें होनी आवश्यक हैं। पहली, किसी को गलत फायदा पहुँचाने की नीयत एवं दूसरी, किसी के साथ धोखाधड़ी ह़ोना। इस केस में स्पष्ट झलक रहा था कि इस आदमी के साथ बारह लाख की धोखाधड़ी की गई थी। मैंने उसके द्वारा दिखाये गए सभी कागज़ों का गहराई से अध्ययन किया और उसकी बात को सच पाया। उस बेचारे की जिन्दगी भर की गाढ़ी कमाई माफियाओं ने एक ही बार में हड़प ली थी और उसे दर-दर की ठोकरें ख़ाने के लिए बेसहारा छोड़ दिया था। इसके अतिरिक्त हर सम्बन्धित व्यक्ति और विभाग उससे अपना पल्ला झाड़ रहा था। मैंने सच्चाई का साथ देने का मन बनाया और इस बारे में सोचा कि कैसे माफिया को वैधानिक आधार पर सजा दी जा सकती है। मैंने थानाध्यक्ष को साफ शब्दों में एफ.आई.आर. लिखने हेतु निर्देशित किया यद्यपि उसने मुझको भी गुमराह करने की कोशिश की कि यह तो दीवानी का मामला है, इसमें पुलिस को नहीं पड़ना चाहिए।

पुलिस विभाग में आज भी काफी संख्या में ऐसे अधिकारी हैं जो सचमुच ईमानदार हैं। किन्तु उनकी पकड़ इतनी मजबूत नहीं है कि वह अधीनस्थ पुलिस वालों के पैसे के खेल को अन्दर तक समझ पाएँ। वह सामान्यतः ऐसे निर्देश देते हैं कि जमीन के झगड़ों में पुलिस को नहीं पड़ना

चाहिए और ऐसे झगड़ों में दोनों पक्षों का चालान कर देना चाहिए। मेरी नजर में इस तरह का दृष्टिकोण सरासर गलत है क्योंकि ऐसे निर्देशों का नीचे के पुलिस अधिकारी अपने निहित स्वार्थों की पूर्ति हेतु उपयोग करते हैं। ऐसे में जहाँ उनको अपना फायदा नजर आता है, वहाँ वे इस लाइन को पकड़ लेते हैं कि पुलिस दीवानी मामले में नहीं पड़ेगी। अन्यथा सच तो यह है कि आज की तारीख में भी पुलिस के दखल के बिना कोई जमीन का झगड़ा सुलझ ही नहीं सकता। इसी तरह, जहाँ साफ दिखाई दे कि एक ओर पीड़ित पार्टी का पक्ष सही है, दूसरी ओर दूसरी पार्टी द्वारा गुण्डों के बल पर जबरदस्ती की गई है, ऐसे में दोनों के विरुद्ध कार्यवाही करने का कोई मतलब नहीं बनता। हमें पीड़ित पक्ष की मदद करनी चाहिए और जिन्होंने गुण्डों के बल पर कब्जा किया है या जो अपराधियों की मदद से कब्जा खाली करवाते हैं, उन्हें जेल भेजा जाना चाहिए। पीड़ित पक्ष को पुलिस की सुरक्षा मिलनी चाहिए, न कि दो तरफा कार्यवाही के नाम पर पुलिस द्वारा उत्पीड़न। देखा गया है कि इस तरह के निर्देश देने वाले पुलिस अधिकारी खुद तो ईमानदार होते हैं किन्तु उनके नीचे की पुलिस कितना अपना स्वार्थ साध रही है और कितना पीड़ित पक्ष का उत्पीड़न किया जा रहा है, इस पहलू को वे नहीं जान पाते।

थानाध्यक्ष को इस मामले में एफ.आई.आर. लिखने के निर्देश के कुछ ही घंटों के अन्दर मेरे पास शहर के कई प्रभावीशाली लोगों के फोन आए जिन्होंने यह तर्क देने की कोशिश की कि यह तो दीवानी का मामला है इसलिए पुलिस इसमें क्यों दखल दे रही है। मैं समझ गया था कि मुझ पर दबाव बनाने के लिए ये सभी फोन माफिया द्वारा करवाये गए हैं। परन्तु मैं अपने निर्णय पर अडिग रहा और अन्ततः मेरे निर्देश पर सभी छः लोगों के खिलाफ एफ.आई.आर. लिखी गई, जिनमें दो लोग गिरफ्तार भी कर लिए गए। इस माफिया गिरोह का सरगना नोएडा में रहता था। मैंने उसे गिरफ्तार करने के लिए पुलिस पार्टी को नोएडा भेजा किन्तु उसने पैसे के बल पर भीड़ इकट्ठा करके पुलिस पार्टी पर हमला करवा दिया और पुलिस को खाली हाथ लौटना पड़ा। इसी दौरान माफिया सरगना ने तेज तर्रार वकीलों की सहायता से उच्च न्यायालय से गिरफ्तारी पर स्टे भी ले लिया।

इस दौरान रिटायर्ड इंसपेक्टर मुझसे लगातार सम्पर्क बनाए हुए था और उसने ऐसे दूसरे लोगों को भी ढूँढ लिया था जिनके साथ इसी माफिया गिरोह ने धोखाधड़ी की थी। एक दिन वह एक व्यक्ति को लेकर मेरे कार्यालय में आया। उस व्यक्ति के साथ भी इसी तर्ज पर धोखाधड़ी की गई थी। मेरे द्वारा उस व्यक्ति की ओर से भी एफ.आई.आर. लिखा दी गई और उच्च न्यायालय में पैरवी करके माफिया सरगना का गिरफ्तारी-स्टे भी खारिज करवा दिया गया। लगातार कोशिशों के बाद अन्ततः सभी छः लोग पुलिस द्वारा गिरफ्तार कर लिए गए और मामले में आरोप पत्र तैयार कर न्यायालय भेज दिया गया। साथ ही सभी लोगों के विरूद्ध गैंगस्टर एक्ट के अन्तर्गत भी कार्यवाही की गई।

इस घटना के ठीक चार साल बाद जब मैं दूसरी जगह स्थानांतरित हो चुका था तथा घटना को पूरी तरह भूल चुका था, एक शाम उसी रिटायर्ड इंसपेक्टर का फोन मेरे पास आया। इस बार उसकी आवाज थकी-हारी नहीं लग रही थी, बल्कि आवाज से खुशी झलक रही थी। उसने मुझे बताया कि धोखाखड़ी का वह केस इतना मजबूत था कि माफिया गिरोह उसे कोर्ट में नहीं झेल पाया और बीच में ही उन्होंने मेरा बारह लाख वापस करके आपसी समझौता कर लिया। उसका पूरा पैसा उसे वापस मिल गया है। पुलिस की वजह से उस माफिया गिरोह के लोग जेल में भी रहे, और जनता के सामने बेनकाब भी हो गए। फोन पर उसकी बातें सुनकर मुझे सचमुच संतोष और खुशी हुई क्योंकि एक शरीफ और ईमानदार आदमी को उसका हक तो मिल ही गया था, सबसे बड़ी बात यह थी कि उसके जैसे जाने कितने और लोग धोखाधड़ी का शिकार होने से बच गए थे।

* * *

इस दुनिया में खेलने, दौड़ने व गिरकर भागने के लिए
मेरे पास कोई गलियाँ नहीं बची।
साईक्लिंग करने को भी कोई जगह नहीं
न ही छुपने को और घुटनों के बल चलने को कोई स्थल–

अपनी किताबें–गुड़िया और खिलौने लिए हुए
मैं सात साल की बच्ची हूँ–
मैं शांति के माहौल में मुस्करा क्यों नहीं सकती ?
आखिर ये मेरी भी तो दुनिया है!

('सात साल की एक बच्ची संध्या' रामाचन्द्रन की कविता
'व्हाई कांट आई स्माइल इन पीस' से अनूदित)

6

तराई में आतंक की दस्तक

कुमाऊँ और गढ़वाल की पहाड़ियों की तलहटी में बसा हुआ क्षेत्र तराई के नाम से जाना जाता है। इसके अन्तर्गत उत्तराखण्ड के उधमसिंहनगर और नैनीताल के अलावा उत्तर प्रदेश के बिजनौर, रामपुर, पीलीभीत, शाहजहाँपुर एवं खीरी लखीमपुर जिलों के कुछ हिस्से आते हैं। उधमसिंहनगर का तो सम्पूर्ण जनपद ही तराई क्षेत्र में आता है। मूलरूप से इस क्षेत्र में थारू और बुक्सा जनजाति के लोग निवास करते थे। यह क्षेत्र घने जंगलों, दलदली जमीन, मलेरिया पैदा करने वाले मच्छरों और शेर, चीते, बाघ, हाथी एवं अन्य खूँखार व दुर्लभ जंगली जानवरों के लिए जाना जाता रहा है। यहाँ रहने वाली जनजातियाँ जंगली पेड़-पौधों और जंगली जानवरों से ही अपनी जीविका चलाती थीं।

यह क्षेत्र ब्रिटिश काल में जिम कॉर्बेट की भी कर्मभूमि रही है। विश्वविख्यात आरक्षित वन राजाजी नेशनल पार्क एवं कॉर्बेट नेशनल पार्क भी इसी क्षेत्र में पड़ते हैं। आजादी के बाद इस क्षेत्र में बाहर से लोगों को बसाया गया और उनको खेती के लिए जमीनें आबंटित की गईं। प्रारम्भ में विभाजन के समय पाकिस्तान छोड़कर आए सिक्ख किसानों को इस क्षेत्र में आकर बसने के लिए आमंत्रित किया गया, उसके बाद बांग्लादेश के शरणार्थियों और पूर्वी उत्तर प्रदेश के स्वतंत्रता सेनानियों और स्नातकों को जमीनें आबंटित की गईं। अब यहाँ के लोग आधुनिक तरीके से खेती कर रहे हैं। इन सिख किसानों ने घने जंगलों में मच्छरों, अजगरों एवं जंगली जानवरों का सामना कर अपना खून पसीना बहाकर कुछ ही वर्षों में दल-दल को लहलहाते हुए खेतों में बदल दिया।

अस्सी के दशक में पंजाब क्षेत्र में खालिस्तान की माँग को लेकर आतंकवाद ने अपना सिर उठाया। स्वतंत्रता के पश्चात् राष्ट्र के रूप में भारत के समक्ष आने वाली चुनौतियों में आतंकवाद एक बड़ी चुनौती के रूप में सामने आया। 1984 तक तो तराई का क्षेत्र पंजाब के आतंकवाद से अछूता रहा किन्तु 1984 में हुए ऑपरेशन ब्ल्यू-स्टार और उसके बाद देश भर में हुई आतंकवादी घटनाओं के बाद स्थिति में एकाएक परिवर्तन आया। पंजाब में सुरक्षा बलों के बढ़ते दबाव के कारण आतंकवादियों ने तराई क्षेत्र में आकर शरण लेना शुरू किया। शरण लेने के लिए तराई एक आदर्श क्षेत्र के रूप में उभरा क्योंकि यहाँ पर छिपने के लिए घने जंगल एवं साथ ही समृद्ध किसान भी थे, जिन्हें आतंकवादियों के द्वारा बहला-फुसला

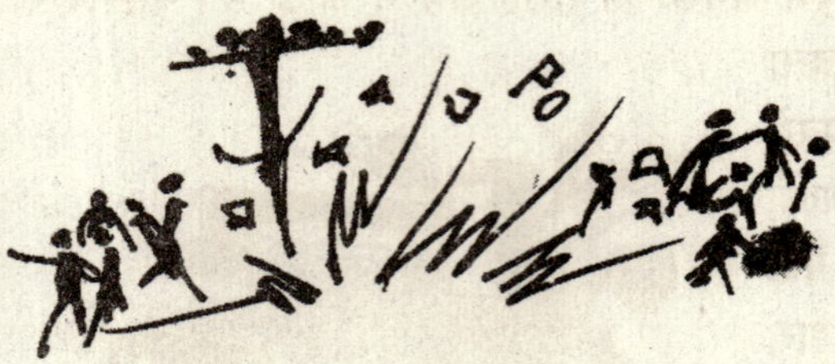

कर, धर्म के नाम पर अथवा भय दिखाकर अपने साथ जोड़ना आसान था। कुछ लोगों ने अपने निजी स्वार्थों की पूर्ति हेतु व निजी रंजिशों का बदला लेने के लिए भी इन आतंकवादियों को पंजाब से तराई में बुलाया था। तराई का पहला बड़ा आतंकवादी, बलविन्दर सिंह उर्फ बिन्दा, इसी तरह अपने पड़ोसी जमींदार की ज्यादतियों से तंग आकर उससे बदला लेने हेतु पंजाब चला गया था और वहाँ से ट्रेनिंग व हथियार लेकर वापस लौटा और तराई में खालिस्तान कमाण्डो फोर्स का खूँख्वार आतंकवादी बन गया था।

वर्ष 1985 से ही इन आतंकवादियों ने, जो तराई क्षेत्र में शरण लिए हुए थे, छोटी-मोटी घटनाओं को अंजाम देना आरम्भ कर दिया था और अन्दर ही अन्दर अपने पैर पसारने शुरू कर दिये थे। परन्तु उत्तर प्रदेश सरकार कई वर्षों तक इस क्षेत्र में आतंकवाद की उपस्थिति को नकारती रही और इन घटनाओं को साधारण आपराधिक घटनाएँ मानती रही। चार-पाँच वर्षों के बाद जब उत्तर प्रदेश सरकार और उत्तर प्रदेश पुलिस

द्वारा क्षेत्र में आतंकवादियों की उपस्थिति को स्वीकारा गया, तब तक बहुत देर हो चुकी थी। अकेले नैनीताल की तराई में आतंकवाद के इतिहास में लगभग सौ घटनाएँ घटी थीं। इन सभी घटनाओं में सबसे बड़ी घटना रुद्रपुर में अक्टूबर, 1991 में रामलीला के दौरान हुई जो एक सोची-समझी और दहशत फैलाने के उद्देश्य से की गई बम-विस्फोट की घटना थी। इस घटना में आतंकवादियों द्वारा साइकिलों में आर.डी.एक्स. को फिट करके साइकिलों को रिमोट कन्ट्रोल से ब्लास्ट किया गया था। रामलीला मैदान में विस्फोट के बाद जब लोग अस्पताल पहुँचे तो बीस मिनट बाद एक बड़ा ब्लास्ट अस्पताल में भी किया गया क्योंकि इस समय तक वहां भी बहुत भीड़ इकट्ठा हो चुकी थी। विस्फोट की इस घटना में सत्तर से अधिक लोग मारे गए और सौ से अधिक लोग घायल हुए। इस घटना की जिम्मेदारी भिण्डरवाले सैफरन टाइगर्स ऑफ खालिस्तान (बी.एस.टी.के.) द्वारा ली गई जिसकी तराई क्षेत्र की कमांड स्वर्ण सिंह जवन्दा के हाथों में थी। इस घटना ने तत्कालीन उत्तर प्रदेश सरकार को हिला कर रख दिया था। इसके बाद उत्तर प्रदेश सरकार द्वारा आतंकवादियों से निपटने के लिए भारी पुलिस बल तराई में तैनात किया गया तथा केन्द्र सरकार द्वारा भी केन्द्रीय अर्धसैनिक बल की कई कम्पनियां तराई में भेजी गईं। किन्तु आतंकियों के पास पुलिस से बेहतर व

तकनीकी दृष्टि से अत्यन्त विकसित अचूक निशाने वाली अत्याधुनिक ए.के.-47 रायफलें, नाईट विजन डिवाइस, उच्च फ्रीक्वेन्सी के कॉर्डलैस फोन व अन्य आधुनिक इलैक्ट्रॉनिक उपकरण उपलब्ध थे। आतंकवादियों का भय तराई के लोगों के मन में समा चुका था...और तो और, पुलिस भी अन्दर ही अन्दर आतंकवादियों की तैयारियों के बारे में जानती थी और उनसे भयभीत थी।

आतंकवादियों ने धीरे-धीरे पुलिस को अपना निशाना बनाना प्रारम्भ कर दिया गया था। अतः सुरक्षा की दृष्टि से पुलिस अधिकारियों ने गाड़ियों में नीली बत्ती और नेमप्लेट लगाना बन्द कर दिया था। पुलिसकर्मियों को भी ड्यूटी के अतिरिक्त वर्दी धारण न करने के निर्देश दिये गए थे। दूर दराज की चौकियों को थाने से सम्बद्ध कर दिया गया था। अधिकारी एवं कर्मचारी गश्त आदि के दौरान अपना लोकेशन नहीं बताते थे, मार्गों को बदल-बदल कर क्षेत्र का भ्रमण किया जाता था। पुलिसकर्मियों के अन्दर इतना अधिक भय व्याप्त था कि वे खुद भी हमेशा आतंकवादी हमलों के डर से सुरक्षा के नित नये-नये तरीके खोजते थे।

25 जून, 1993 को जब मैं इलाहाबाद में सहायक पुलिस अधीक्षक के पद पर तैनात था तो मुझे अपर पुलिस अधीक्षक, नैनीताल के पद पर अपनी नियुक्ति एवं प्रोन्नति की खबर मिली। हम लोग इलाहाबाद से ट्रेन में बैठकर नैनीताल के लिए आ रहे थे। मैं और मेरी पत्नी पहाड़ों की खूबसूरती एवं सुहावने मौसम के खयालों में डूबे हुए थे। रह-रह कर मन में ये कल्पनाएँ हिलोरें ले रही थीं कि हमें नैनीताल की हसीन वादियों, देवदार के पेड़ों के बीच घूमने, झील में नौकायन एवं पर्वतीय क्षेत्र के विहंगम नैसर्गिक दृश्यों को देखने का अवसर मिलेगा।

26 जून की सुबह हम लोग बरेली स्टेशन पर उतरे तो हमें रिसीव करने के लिए भारी पुलिस बल आया हुआ था। इतनी भारी संख्या में पुलिस बल को देखकर मैं हैरान हुआ। मैंने ड्राइवर से पूछा तो उसके द्वारा बताया गया कि तराई में स्थित रुद्रपुर में मेरा मुख्यालय होना था, जो कि पूरी तरह से आतंकवाद से ग्रस्त था, इसीलिए इतना बड़ा एस्कोर्ट साथ भेजा गया था। पूरे रास्ते में ड्राइवर व एस्कोर्ट के साथियों ने मुझे तराई में फैले आतंकवाद के बारे में बताया।

24 जून, 1993 को बाजपुर क्षेत्र में संतोषपुर गाँव के पास गन्ने के खेत में डर का पर्याय बन चुके भिण्डरवाले सैफरन टाइगर्स ऑफ खालिस्तान के एरिया कमाण्डर हीरा सिंह एवं उसके तीन अन्य साथियों के एक झाले में होने की सूचना प्राप्त हुई। पुलिस बल के झाले के पास पहुँचने का

आभास होने पर आतंकवादियों ने पुलिस पार्टी पर अंधाधुंध फायरिंग की और वे फायरिंग करते हुए गन्ने के खेत में घुस गए। इस दौरान दोनों तरफ से हुई गोलीबारी में एक आतंकवादी मारा गया। गन्ने के खेत को पुलिस, पी.ए.सी. एवं सी.आर.पी.एफ. ने घेर लिया। इस बीच जिले के वरिष्ठ पुलिस अधीक्षक, रुद्रपुर एवं हल्द्वानी से अपर पुलिस अधीक्षक एवं अन्य अधिकारीगण भी मौके पर पहुँच गए और उन्होंने घेराबंदी मजबूत करके इन्तजार करने का निर्णय लिया।

बीच-बीच में हल्की-फुल्की गोलीबारी दोनों तरफ से चलती रही। रात होने पर जब अँधेरा हो गया तो हीरा सिंह ने जान की बाजी लगाकर गोलीबारी के मध्य गन्ने के खेत से निकल भागने का फैसला किया। अचानक तीनों आतंकवादी एक तरफ से एके-47 की गोलियाँ बरसाते हुए पुलिस कार्डन को तोड़ते हुए भाग निकले। आतंकवादियों ने अंधेरे का फायदा उठाया। पुलिस को इस बात का कतई अन्दाज़ नहीं था कि आतंकवादी इस प्रकार भाग सकते हैं। आतंकवादियों के इस कदम से सभी पुलिस अधिकारी एवं कर्मचारी स्तम्भित रह गए। उन्हें कुछ समझा नहीं आया कि वह क्या करें। जब तक उन्हें कुछ सूझता और वे कोई कदम उठाते, तब तक आतंकवादी भाग चुके थे।

आतंकवादियों द्वारा की गई फायरिंग में पी.ए.सी. एवं सी.आर.पी. एफ. का एक-एक जवान शहीद हो गया। इस पृष्ठभूमि में कुछ अधिकारियों को स्थानान्तरित कर दिया गया तथा उसी क्रम में मेरी नियुक्ति यहाँ अपर पुलिस अधीक्षक के पद पर हुई थी। इस प्रकार मुझे सीधे तराई में आतंकवादियों के विरुद्ध पुलिस की कमाण्ड सम्भालने का अवसर मिला। 24 जून, 1993 की मुठभेड़, जिसमें दो पुलिसकर्मी शहीद हुए थे, के कारण पुलिस का मनोबल बहुत गिरा हुआ था। हीरा सिंह अपने दो साथियों के साथ भागने में सफल हो चुका था।

आम आदमियों में आतंकियों का जबरदस्त भय व्याप्त था, सूर्य अस्त होने के बाद से ही फैक्ट्रियाँ बन्द हो जाती थीं और लोगों का आवागमन भी बन्द हो जाता था। सभी सड़कें वीरान हो जाती थीं। अब हीरा सिंह

ही बी.एस.टी.के. का तराई का एरिया कमाण्डर था, उसका पूर्व-कमाण्डर जवन्दा तराई छोड़कर पंजाब भाग गया था। हीरा सिंह व उसके साथियों को पकड़ना हमारा मुख्य लक्ष्य था। उसके विरुद्ध टाडा (टेररिस्ट एण्ड डिस्ट्रक्टिव एक्टीविटीज प्रीवेन्शन एक्ट) के तहत पचास से भी अधिक मुकदमें दर्ज थे, जो दो सौ से भी अधिक लोगों की हत्याओं के लिए जिम्मेदार था। जिनमें पच्चीस तो पुलिसकर्मी ही थे।

रुद्रपुर पहुँच कर मैंने आतंकियों के बारे में और अधिक जानकारी जुटाई और आगे की कार्यवाही के लिए योजना बनाई। अगले दिन सुबह-सुबह जब मैं हीरा सिंह की तलाश के लिए निकलने वाला था कि एक दुबली-पतली, डरी-सहमी, सफेद साड़ी में लिपटी महिला एक बुजुर्ग व्यक्ति के साथ मुझसे मिलने आई। उसकी आँखें आँसुओं से भरी थीं तथा दो-तीन माह की एक बच्ची उसकी गोद में थी। पूछने पर पता चला कि वह श्री राम आसरे यादव पूर्व क्षेत्राधिकारी की पत्नी थी और उसके साथ के व्यक्ति उसके श्वसुर थे। श्री यादव के साथ घटित घटना के बारे में मैंने अखबारों में पढ़ा था। वह कुछ महीने पूर्व ही बाजपुर क्षेत्र में आतंकवादियों द्वारा लैण्डमाइन में, जिसमें पुलिस की जिप्सी ब्लास्ट कर दी गयी थी, थानाध्यक्ष गदरपुर जगमोहन उपाध्याय एवं छह अन्य पुलिसकर्मियों के साथ शहीद हो गए थे।

मैंने उन्हें बैठाया और आने का कारण पूछा। श्रीमती यादव द्वारा बतायी गई रोंगटे खड़ी करने वाली आपबीती सुनकर मैं घटना की गंभीरता को विस्तार से समझ पाया। इस घटना से जुड़े लोगों को अपने साथ देखकर उनके साथ घटित घटना की मार्मिकता, करुणा और उससे जुड़े लोगों की पीड़ा का अनुभव सहज ही किया जा सकता था। श्रीमती यादव के सामने पहाड़-सी जिंदगी थी व छोटी बच्ची के भविष्य की चिन्ताएँ तथा वृद्ध सास-ससुर की देखभाल की जिम्मेदारियाँ थीं। उस स्त्री के दर्द को मैं सिर्फ अखबारों में छपे विवरण को पढ़कर महसूस नहीं कर सकता था।

घटना इस प्रकार थी बाजपुर क्षेत्र में एक सिख लड़के की मौत के लिए आतंकवादियों ने पुलिस को जिम्मेदार ठहराया था और सिख समुदाय

को खुश करने के लिए पुलिस से उसका बदला लेने की ठानी थी। बदला लेने के क्रम में आतंकवादियों ने एक षड्यन्त्र रचा जिसमें उन्होंने बाजपुर क्षेत्र के एक होमगार्ड, जो साइकिल से ड्यूटी के लिए थाने जा रहा था, के पैर में गोली मार दी। यह होमगार्ड जैसे ही घटना की सूचना देने के लिए थाने के लिए निकला आतंकवादियों ने अपनी योजना के अनुसार घटनास्थल तक पहुँचने वाले दोनों मार्गों पर बारूदी सुरंग बिछा दीं। जब इस होमगार्ड ने थाने जाकर अपनी कहानी बतायी तो आतंकवादियों की क्षेत्र में उपस्थिति की सूचना पाकर उन्हें पकड़ने के उद्देश्य से पुलिस उपाधीक्षक व थानाध्यक्ष अपने साथ पाँच-छः आरक्षियों को लेकर अपनी जान की परवाह किए बगैर आतंकवादियों से लोहा लेने के लिए तत्काल मौके के लिए दौड़ पड़े। इन बहादुर पुलिस अधिकारियों को क्या पता था कि आतंकवादियों ने एक षड्यंत्र के तहत बारुदी सुरंग का जाल बिछाया हुआ है, जिसमें दूर बैठा कोई आतंकवादी रिमोट कन्ट्रोल से सात लोगों की जिन्दगी के परखच्चे उड़ाने वाला है। इसके साथ ही आतंकवादी इन पुलिसकर्मियों से जुड़े परिवारों की जिन्दगी को भी बरबाद कर देंगे।

विस्फोट इतना अधिक शक्तिशाली था कि जिप्सी के परखच्चे उड़ गए और उसमें सवार व्यक्तियों के शरीर के टुकड़े सौ मीटर के दायरे में जगह-जगह व पेड़ों पर बिखरे पड़े थे, जिनकी पहचान तक कर पाना सम्भव नहीं था। मौके पर पहुँचे अधिकारी भी यह मंजर देखकर अन्दर तक दहल उठे थे।

श्रीमती यादव अपने साथ घटित घटना से इतनी भयभीत थीं कि उन्होंने मेरी पत्नी को यह सलाह दी कि वह मुझे तराई छोड़कर किसी अन्य जगह अपनी नियुक्ति कराने के लिए बाध्य करें। उसकी बातें सुनकर और उसकी हालत देखकर एक बार तो मैं और मेरी पत्नी सचमुच डर गए थे...किन्तु भाग्य ने जिस मोड़ पर मुझे तराई की इस लड़ाई में ला खड़ा किया था, वहाँ से वापस जाना मेरे मन को स्वीकार नहीं था। पुलिस जिप्सी के विस्फोट तथा चौबीस जून की मुठभेड़ के बाद तो पुलिस का मनोबल एकदम ही टूट चुका था। कोई भी पुलिस अधिकारी व कर्मचारी अपनी

तरफ से आतंकवादियों के विरुद्ध कार्यवाही करने की पहल करने का साहस नहीं जुटा पा रहा था।

आतंकवाद की इस पृष्ठभूमि में मैंने संकल्प लिया कि मुझे आतंकवादियों के विरुद्ध छिड़ी जंग में पुलिस के टूटे हुए मनोबल को बढ़ाने के लिए आगे आना ही होगा। अतः मैं जिप्सी में बैठा और अपने पूर्व निर्धारित कार्यक्रम के अनुसार बाजपुर क्षेत्र में चौबीस जून को घटित मुठभेड़ से भागे आतंकवादी हीरा सिंह व उसके साथियों की तलाश में पुलिस टीम के साथ घने जंगलों में कॉम्बिंग करने निकल पड़ा। इस मुठभेड़ में हीरा सिंह के एक साथी को गोली लगी थी। मुठभेड़ स्थल से खून के निशानों का पीछा करते हुए हम जंगल में उस स्थान तक पहुँच गए जहाँ उन्होंने रात काटी थी। हमें झाड़ियों में छिपा हुआ खून से लथपथ उनका बिस्तर भी मिल गया था। अगले पंद्रह दिनों तक हम घने जंगलों में कॉम्बिंग करते रहे। इस दौरान हम लोग तंबुओं में रहे। घने जंगलों में कॉम्बिंग के दौरान खाना, पीना, रहना वहीं किया गया। ज्यों ही हमें लगता था कि हम हीरा के नजदीक पहुँच गए हैं, वह हमें गच्चा देने में सफल हो जाता था। इसलिए मुठभेड़ के बाद के जो ऑपरेशन थे, उन्हें पंद्रह दिन के बाद बन्द कर देना पड़ा।

सूचना तंत्र के माध्यम से हमें हीरा सिंह और उसके साथियों की, कभी गन्ने के खेतों में, कभी किसी व्यक्ति विशेष के झाले में और कभी जंगल में होने की सूचना मिलती रही। हीरा सिंह के द्वारा जंगलों में बनी गूर्जरों की झोपड़ियों को व खेतों में बने झालों का इस्तेमाल रहने व खाना के लिए किया जाता था। हम सूचना मिलते ही तत्काल वहाँ पहुँचते, जहां हमें आतंकवादियों के होने अथवा ठहरने के, रुक कर खाना खाने के प्रमाण मिलते थे। लेकिन हम लोग हमेशा एक या दो दिन पीछे रह जाते थे। जिस स्थान पर हम पहुँचते थे, हीरा सिंह व उसके साथी उस स्थान को एक या दो दिन पहले ही छोड़ चुके होते थे। इससे स्पष्ट था कि आतंकवादियों का सूचना तंत्र पुलिस से ज्यादा बेहतर था। छह महीनों तक हम लोगों ने दिन-रात घने जंगलों में कॉम्बिंग करते हुए झालों की तलाशी कर पूरी तराई

का चप्पा-चप्पा छान मारा किन्तु सफलता नहीं मिली। इसके बावजूद हमने हार नहीं मानी। हीरा सिंह और उसके साथी उसी क्षेत्र में घूम रहे थे। यद्यपि हमारी सक्रियता की वजह से ही आतंकवादी पुलिस से भाग रहे थे और कोई नई घटना को अंजाम नहीं दे पा रहे थे। अब भी हम लोग वे तरीके तलाश रहे थे जिनसे हमें समय रहते हीरा सिंह की उपस्थिति की सूचना मिल सके और पुलिस के मौके पर पहुँचने व आंतकियों के भागने के बीच के समय को कम किया जा सके। हमने उनके सूचना तंत्र को कमजोर करने एवं अपने सूचना-तन्त्र को और मजबूत करने की रणनीति बनायी।

आतंकवादियों को शरण और खाना कई बार तो उनके प्रति मूक समर्थन में दिया जाता था किन्तु अधिकांशतः बन्दूक की नोक पर ही दिया जाता था। पूर्व में ऐसे लोगों को आतंकवादियों को शरण देने की धाराओं में बन्द कर दिया गया था जिसके कारण पुलिस व जनता के बीच दूरी बन चुकी थी। फिर भी मुझे यह अच्छी तरह से आभास हो चुका था कि स्थानीय लोगों के सहयोग के बिना आतंक से तराई को छुटकारा दिला पाना बहुत मुश्किल था। स्थानीय लोग भी आतंकवादियों से छुटकारा चाहते थे और उनकी नाज़ायज़ माँगों से वे भी परेशान हो चुके थे। उनके रोज़मर्रा के काम आतंकवाद के चलते बुरी तरह प्रभावित हो रहे थे। मुझे लगा, यदि पुलिस सहयोग का हाथ बढ़ाएगी तो हमें जनता से अवश्य सहयोग मिलेगा। अतः मैंने अपनी रणनीति में कई परिवर्तन किए। अब हमने ऐसे लोगों के विरुद्ध कार्यवाही को पूर्ण रूप से रोक दिया था, जिन्हें अपने परिवार की रक्षा के लिए आतंकवादियों के डर से उन्हें सहायता पहुँचाने के लिए मजबूर होना पड़ता था।

इस बीच हमने पूरे तराई क्षेत्र में आतंकवादियों के विरुद्ध जागरूकता लाने के लिए जगह-जगह पर गोष्ठियाँ आयोजित कीं। यह एक नई पहल थी। इससे पहले पुलिस द्वारा आतंकवाद विरोधी आपरेशन्स के नाम से बहुत से निर्दोष लोगों के उत्पीड़न की कहानियाँ भी सुनने को मिली थीं। सिख समाज का एक बड़ा तबका ऐसा था जिसे सहयोग न देने एवं पुलिस

का मुखबिर होने के नाम पर आतंकवादी भी परेशान करते थे व पुलिस भी किसी न किसी बहाने उन्हें प्रताड़ित करती थी। प्रारम्भ में तो लोग आतंकवादियों के भय से इन गोष्ठियों में उपस्थित होना नहीं चाहते थे किन्तु धीरे-धीरे जब उनमें सुरक्षा की भावना उत्पन्न की गई एवं फर्जी कार्यवाही के भय से निजात दिलायी गई तो लोग गोष्ठियों में अपने विचार भी प्रकट करने लगे। कुछ बहादुर लोगों के द्वारा आतंकवाद की भर्त्सना की जाने लगी और इस लड़ाई में पुलिस का सहयोग देने का भरोसा भी दिया जाने लगा। हम लोग छोटी-से-छोटी सूचना प्राप्त होने पर भी तत्काल आवश्यक कदम उठाते थे। पुलिस की इस प्रो-एक्टिव एप्रोच से लोगों के मन में हमारे प्रति विश्वास भी बढ़ा। गोष्ठियों में भी इस बात की पुष्टि हुई कि आम आदमी आतंकवादियों की कार्यवाही से त्रस्त हो चुका था। सिख समुदाय आतंकवादी गतिविधियों से सबसे अधिक पीड़ित था, वह भी इनसे छुटकारा चाहता था।

यद्यपि वैचारिक स्तर पर हम लोग आतंकवाद के खिलाफ लड़ाई जीतने लगे थे परन्तु हीरा सिंह और उसके साथी अभी भी हमारी पकड़ से बाहर थे। ऐसे में जब मैं हीरा सिंह को पकड़ने की सारी उम्मीदों को छोड़ चुका था, 22 जनवरी, 1994 की सुबह साढ़े आठ बजे एक फोन कॉल ने मेरे मन में स्फूर्ति भर दी और मुझे आशा की किरण नजर आई।

यह फोन अभिसूचना विभाग के एक अधिकारी का था, जिसने मुझे बताया कि उसके पास एक युवक है, जिसे इस बात का सही-सही पता है कि हीरा सिंह कहाँ छिपा है। उसकी फोन कॉल को सुनकर मैं एकदम से उछल पड़ा और मैंने तत्काल उस युवक को साथ लेकर आफिस पहुँचने के निर्देश दिये। वह अठारह-उन्नीस साल का लड़का-सा दिखने वाला युवा था, जिसकी नई-नई दाढ़ी आनी शुरू हुई थी और वह हीरा सिंह के गैंग का नया-नया सदस्य बना था। उसका नाम बिट्टू था। उसने बताया कि रुद्रपुर से 8-9 किलोमीटर दूर एक गन्ने के खेत में हीरा सिंह व उसका साथी छिपे हुए हैं। उसने यह भी बताया कि बीती रात जब वे चार लोग उस खेत में आए थे तब हीरा सिंह ने उसे व दूसरे एक साथी को रुद्रपुर या कहीं और

से मोटर साइकिल चुरा कर या लूट कर लाने को भेजा था। इस मोटर साइकिल से वे शहर के एक धनी चावल मिल मालिक के बेटे का अपहरण कर उससे पचास लाख रुपए की फिरौती वसूलने वाले थे क्योंकि छह माह से भागते-भागते उनके पास पैसों की कमी हो गई थी। साथ ही इन दोनों को हीरा सिंह ने यह भी निर्देश दिया था कि सुबह साढ़े नौ बजे तक उन्हें बताई हुई जगह पर हर हाल में पहुँचना है। यदि वे नियत समय तक नहीं पहुँचे तो हीरा सिंह अपनी जगह बदल देगा।

बिट्टू ने बताया कि रात में तीन बजे के करीब उसका अपने आतंकवादी साथी से किसी लड़की को लेकर झगड़ा हो गया था, जो इतना आगे बढ़ गया कि उसने चाकू से अपने साथी को मार डाला। बिट्टू ने जिस आतंकवादी को मारा था वह हीरा सिंह का पुराना साथी था, जबकि बिटटू हीरा सिंह के गैंग का नया-नया सदस्य था। इसलिए उसे यह डर सता रहा था कि जब हीरा सिंह को इस बात का पता चलेगा कि बिट्टू ने उसके पुराने विश्वासपात्र साथी को मार दिया है तो हीरा सिंह उसे व उसके पूरे परिवार को खत्म कर देगा। उसे अपने बचने का जब कोई और रास्ता न सूझा तो उसने अभिसूचना विभाग के अधिकारी से सम्पर्क किया था।

अभी तक हीरा सिंह की सूचना हमें उसके छिपने के स्थान को छोड़ने के कम-से-कम चौबीस घण्टे बाद मिल रही थी। यह पहली बार था कि उसके स्थान छोड़ने से एक घण्टा पहले मुझे सूचना मिल गई थी। बिट्टू की बातों में सच्चाई की झलक नजर आ रही थी और मेरे पास खोने के लिए एक मिनट भी नहीं था। इसलिए मैंने आनन-फानन में जितनी भी फोर्स उपलब्ध हो सकती थी, उसे लेकर तत्काल मौके पर पहुँचने का निर्णय लिया ताकि हीरा इस बार भागने न पाए। मैंने जाने के लिए अपनी डांगरी पहनने लगा तो एक पल के लिए मेरी पत्नी ने मुझे देखा और आँखों-आँखों में ही मौन स्वीकृति दे दी। मैंने अपनी एके-47 उठाई और घर की गारद के तीन सिपाहियों, गनर व मुखबिर आतंकी को लेकर मौके के लिए रवाना हो गया। एक अठारह वर्षीय नये-नये रंगरूट आतंकवादी की बातों पर विश्वास करके

जोश-जोश में यह कदम उठाने का निर्णय लिया गया था, यहाँ तक कि इस सूचना का सत्यापन करने का भी प्रयास मेरे द्वारा नहीं किया गया? यह राम आसरे यादव की तरह मुझे फँसाने की आतंकवादियों की एक चाल भी तो हो सकती थी। मैंने श्री यादव के साथ घटित भयानक घटना के बारे में एक पल के लिए सोचा किन्तु उसके बावजूद अगले ही पल हीरा सिंह के आपरेशन के लिए चल पड़ा क्योंकि ये रिस्क मुझे लेना ही था।

आज जब मैं उस मुठभेड़ के बारे में सोचता हूँ तो 26/11 की मुम्बई की धटना से उसकी तुलना करने से अपने को नहीं रोक पाता। इस धटना में मेरे बहादुर बैचमेट अशोक काम्टे सहित तीन अधिकारी शहीद हो गए। उनकी शहदत को नमन करते हुए मैं अच्छी तरह महसूस कर सकता हूँ कि अपने कर्तव्यों के प्रति जुनून व देश के लिये कुछ कर सकने का जज्बा कभी-कभी हर आशंका को पीछे छोड़ देता है और आदमी बड़े से बड़ा खतरा उठाने में एक पल को भी नहीं हिचकता।

आठ-नौ मिनट के रास्ते में हमने रुद्रपुर थाना, नैनीताल के नियंत्रण कक्ष और जनपद रामपुर को वायरलैस द्वारा अपने ऑपरेशन के बारे में सूचित किया तथा अतिरिक्त बल भेजने के लिए कहा। गन्ने के खेत में पहुँचकर बिट्टू ने मुझे उस तरफ इशारा करके बताया जिस कोने में हीरा सिंह व उसके साथी बैठे थे। मैंने खेत के चारों कोनों में अपना एक-एक आदमी लगा दिया ताकि यदि आतंकवादी भागने की कोशिश करें तो ये उन्हें रोकने का प्रयास कर इ सकें। जब मैं यह डिप्लायमेंट कर रहा था तो मेरे एक हाथ में एके-47 थी और दूसरे हाथ से मैंने बिट्टू को पकड़ा हुआ था, जो कल तक हीरा सिंह के गैंग का सदस्य था। एक स्थिति ऐसी थी जब केवल मैं और बिट्टू रह गए थे मेरी छोटी-सी चूक का फायदा उठाकर वह मेरी एके-47 छीनने का प्रयास भी कर सकता था किन्तु वह सही आदमी निकला।

बाद में मैंने महसूस किया कि यदि इस स्टेज पर हीरा सिंह पिछली मुठभेड़ की तरह भागने का मन बनाता तो उसके लिए बहुत आसान होता क्योंकि गन्ने के खेत से हम लोग उसे खुले में दिख रहे थे। वह आसानी से हमें निशाना बना सकता था परन्तु हो सकता है, हीरा ने सोचा हो कि

इनके पीछे और फोर्स होगी, शायद इसलिए उसने ऐसा करने का दुस्साहस नहीं किया।

धीरे-धीरे आस-पास के थानों से अतिरिक्त पुलिस बल मौके पर पहुँचना शुरू हुआ, मैंने पुलिस बल को एल शेप में तैनात करना शुरू किया। एल शेप में तैनाती से फायरिंग के लिए दो साइड खुली छोड़ दी जाती है, जिससे कि क्रॉस फायरिंग में अपने जवानों को क्षति न पहुँचे।

पूरे पुलिस बल को पहुँचने में दो से ढाई घण्टे का समय लगा और इस बीच पीएसी, थाने का बल व नैनीताल व रामपुर के वरिष्ठ अधिकारी भी मौके पर पहुँच गए। मेरे वरिष्ठ पुलिस अधीक्षक श्री एस.के. भगत ने स्थिति को समझते हुए मुझमें अपना पूर्ण विश्वास जताया व मुझे अपनी योजनानुसार ऑपरेशन जारी रखने को कहा। हम लोगों ने एक ट्रैक्टर में एक क्षेत्राधिकारी के नेतृत्व में पुलिस बल को गन्ने के खेत में भेजा। ट्रैक्टर की आवाज पर एक आतंकी खेत में बनी पानी की नाली में लेट गया और डौल का सहारा लेकर अपनी एके-47 से फायर करने लगा। मैंने पास में स्थित युकिलिप्टस के पेड़ की आड़ लेकर फायरिंग करना प्रारम्भ कर दिया और सभी पुलिसकर्मियों को अपनी आड़ लेते हुए जवाबी फायर करने के निर्देश दिए। मुठभेड़ के दौरान हम लोगों के चारों तरफ से गोलियाँ आ-जा रही थीं। हजारों राउण्ड फायर हो चुके थे किन्तु आतंकवादियों की तरफ से गोली आना बन्द नहीं हो रही थी। तब मुझे लगा कि ए.के.-47 का रेंज सौ मीटर तक होने की वजह से हो सकता है कि गोलियां आतंकवादी के पास पहुँचने तक प्रभावी नहीं हो पा रही हों, इसलिए मैंने थ्री नौट थ्री से भी फायर करवाया क्योंकि इसका कारगर रेंज तीन सौ गज तक होता है। कुछ समय बाद आतंकवादियों की तरफ से फायरिंग आनी बन्द हो गई। पुलिस बल में से दो-तीन कर्मियों ने अदम्य साहस का परिचय दिया व जान की परवाह न कर क्रॉलिंग करते हुए आगे बढ़कर देखा तो एक आतंकवादी एके-47 के साथ जमीन पर लुढ़का हुआ मिला। पास जाकर देखा तो वह मृत पाया गया, जिसकी शिनाख्त कुख्यात आतंकवादी बी.एस.टी.के. का एरिया कमाण्डर हीरा सिंह के रूप में हुई।

बिट्टू ने बताया था कि गन्ने के खेत में दो आतंकवादी मौजूद थे। इसका मतलब था कि दूसरा साथी गन्ने के खेत में ही कहीं छिपा हुआ था। हम लोग एक ट्रैक्टर पर बैठकर गन्ने के खेत में घुसे ही थे कि आतंकवादी ने एके-47 से फायर करना प्रारम्भ कर दिया। आतंकवादी द्वारा की गई फायरिंग के जवाब में हमारी पार्टी द्वारा भी फायरिंग की गई। थोड़ी देर बाद आतंकवादी की तरफ से गोली आनी बन्द हो गई। गोलीबारी बन्द होने पर हम लोग जैसे ही ट्रैक्टर से उतर कर आगे बढ़े तो देखा कि एक आतंकवादी एके-47 के साथ लगभग बीस कदम की दूरी पर जमीन पर घायल अवस्था में पड़ा है। हम लोगों को अपनी तरफ आता देख इस आतंकवादी ने अपनी एके-47 का आखिरी ब्रस्ट मारा। पूरी मुठभेड़ में यह स्थिति अत्यन्त भयावह थी क्योंकि जमीन पर लुढ़के उस आतंकवादी को हम लोग मृत समझ बैठे थे। सौभाग्य से अत्यधिक नजदीक से चलाया गया यह ब्रस्ट हमारी पार्टी के बाईं ओर से निकल गया और किसी को कोई क्षति नहीं पहुँची। इस ब्रस्ट के जबाब में हमने भी फायर किया जिससे यह आतंकवादी वहीं ढेर हो गया। इस आतंकवादी की शिनाख्त हीरा सिंह के साथी निम्मा के रूप में की गई।

आतंकवादियों के साथ हुई इस मुठभेड़ में सभी पुलिस कर्मियों ने अपनी जान की परवाह किये बगैर अत्यन्त साहस का परिचय देते हुए आतंकवादियों को मार गिराने में सफलता प्राप्त की थी। मुठभेड़ में सम्मिलित सभी पुलिस वाले एके-47 की गोलियों के सामने चट्टान की तरह डटे रहे। पूरी मुठभेड़ के दौरान एक भी क्षण ऐसा नहीं आया जब कोई भी पुलिस कर्मी अपने कर्तव्य से पीछे हटा हो। सभी ने एक जुट होकर इस सफल मुठभेड़ को अंजाम दिया व अपने खोये मनोबल को वापस पाने में भी सफलता प्राप्त की।

इस मुठभेड़ से तराई में आतंकवाद की खूनी कहानी खत्म हुई। हीरासिंह बी.एस.टी.के. का आखिरी कमांडर था। इस मुठभेड़ की खबर दूर-दूर तक फैल गई थी रुद्रपुर से लेकर हल्द्वानी तक तथा रामपुर से लेकर मुरादाबाद व बरेली तक के लोग इन आतंकवादियों को देखने घटनास्थल

पर पहुँचे। दूर-दूर से हजारों की संख्या में लोग दिन दहाड़े हुई इस मुठभेड़ को देखने के लिए आए और इन खूँख्वार आतंकवादियों के मारे जाने पर लोगों के द्वारा जश्न मनाया गया।

आतंकवाद के खात्मे से तराई और आस-पास के सभी लोगों ने राहत की साँस ली थी। लोग उनके कारनामों से तंग आ चुके थे। आतंकवाद सभी लोगों की जिन्दगी पर असर डाल रहा था। मुझे इस बात की संतुष्टि थी कि जिस चुनौती को मैंने स्वीकार किया था, उसे मैंने साथी पुलिस कर्मियों के सहयोग से पूरा किया और तराई के लोगों को आतंकवाद से छुटकारा दिलाने में महत्वपूर्ण भूमिका निभा पाया। यधपि तराई में आतंकवाद की इस लड़ाई में कई पुलिस कर्मियों को शहीद होना पड़ा परन्तु अन्ततः आतंकवाद का खात्मा कर एक बार फिर खाकी इन्सानियत की सेवा करने में सफल सिद्ध हुई।

* * *

आज मैं वारिस शाह को पुकार लगाती हूँ,
“अपनी कब्र से उठ कर बोल!
और प्रेम की किताब से प्यार का अगला पन्ना खोल!”

एक बार पंजाब की एक बेटी रोई थी
तो तूने ‘हीर-राँझा’ जैसा महाकाव्य रच डाला था...
आज लाखों बेटियाँ रो रही हैं और तुझे पुकार रही हैं-
ओ दुःख की गाथा लिखने वाले!
उठ और अपने पंजाब को देख-

आज खेत लाशों से भरे पड़े हैं,
चेनाब भी खून से भर गई है।
पाँचों नदियों के पानी में किसी ने ज़हर घोल दिया है,
यही ज़हरीला पानी हमारे खेतों को सींच रहा है...
मरने वालों की अन्तहीन चीखों से आसमान भी लाल हो उठा है।
दिल के राग सुनाने वाली बाँसुरी कहीं खो चुकी है।

आज मैं वारिस शाह को पुकार लगाती हूँ,
‘अपनी कब्र से उठ कर बोल!
और प्रेम की किताब से प्यार का अगला पन्ना खोल!’

(अमृता प्रीतम की कविता-‘आज अक्खा वारिस शाह नूँ’ से अनूदित)

7

आतंकवाद की अमानवीय त्रासदी

अस्सी और नब्बे के दशक में लगभग दस वर्षों तक देश को आतंकवाद ने इस कदर प्रभावित किया कि देश कमज़ोर नजर आने लगा। मैंने 1990 में पन्द्रह दिन पंजाब में ट्रेनिंग के दौरान आतंकवाद के उस दौर को नजदीक से देखा था और फिर 1993-94 में उत्तर प्रदेश की तराई में मैं स्वयं आतंकवाद विरोधी ऑपरेशन्स का प्रभारी रहा। पंजाब में और नैनीताल के तराई क्षेत्र में दोनों जगह आतंकवाद की इस त्रासदी को मैंने नजदीक से अनुभव किया। आतंकवाद ने किसी को भी त्रासदी के अलावा कुछ नहीं दिया, चाहे वह वहाँ की जनता हो या पुलिस या फिर केन्द्रीय अर्धसैनिक बल। और तो और, आतंकवादियों के परिवारों के लिए भी यह एक तबाही ही साबित हुआ। मैंने कुछ छोटे-मोटे अनुभवों का यहां वर्णन किया है जिसमें आतंकवाद की अमानवीय त्रासदी अपनी पूरी बर्बरता के साथ उभर कर सामने आती है।

वर्ष 1990 में राष्ट्रीय पुलिस अकादमी हैदराबाद द्वारा सभी आई.पी.एस. प्रशिक्षुओं को उस दौरान पंजाब में फैले अलगाववादी आतंकवाद का सीधा अनुभव करने हेतु पंजाब भेजा गया था। हम लोग सबसे पहले अमृतसर स्थित सिखों के सबसे बड़े तीर्थ स्वर्ण मन्दिर गए थे। अमृत सरोवर सचमुच शांति और आध्यात्मिक आनन्द की अनुभूति का जीता-जागता प्रतीक है। शान्त सरोवर और हरमिन्दर साहिब से निकलती गुरुवाणी की आवाज मन को असीम आनन्द और शांति की अनुभूति से भर देती है। हम लोगों ने मत्था टेकने के बाद पूरे स्वर्ण मन्दिर परिसर की परिक्रमा की। इस दौरान अचानक मेरी नजर वहाँ पर चारों ओर की मीनारों पर

गोलियों के निशान व विनाश के अन्य चिह्नों पर पड़ी। अखबार में पढ़े समाचारों और सामने की सच्चाई में जमीन आसमान का अन्तर दिखाई दिया। यहां आकर इस बात का अहसास हुआ कि कितनी कठिन और भयावह प्रक्रिया रही होगी वह, जब इस शांति के महासागर को आतंकवादियों ने अपना घर बना लिया होगा और कैसे उनको सुरक्षा बलों द्वारा इस तीर्थस्थान से बाहर निकाला गया होगा। काश, आतंकवादियों को बाहर निकालने के लिए कोई जादुई चमत्कार हो गया होता और श्रद्धा और पवित्रता के भव्य प्रतीक इस स्वर्ण मन्दिर में यह विनाशकारी लीला देखने को नहीं मिलती।

हम लोगों ने वहाँ सी.आर.पी.एफ. के साथ घेराबन्दी, तलाशी और नाका एवं एम्बुश आदि के ऑपरेशनों में भाग लिया। इस दौरान कई ऐसे मौके आए जब हम लोग गोलियों के बीच होते थे। सभी ऑपरेशनों में कहीं-न-कहीं मानवीय त्रासदी झलकती थी। पूरे गाँव को घेरकर उसके हर घर की तलाशी ली जाती थी कि कहीं कोई आतंकवादी तो छिपा हुआ नहीं है, अथवा कहीं अवैध हथियार तो नहीं छिपाए गए हैं। तलाशी के दौरान इस बात को भी ध्यान में रखना पड़ता था कि कहीं कोई छिपा हुआ आतंकवादी किसी कोने से गोलियों की बौछार न कर दे। मैं सोच रहा था कि इस तरह पूरे गाँव को घेरकर हर घर की तलाशी लेना, उनकी निजी जिन्दगी में दखल देना ही तो था...माताएँ, बहिनें एवं बच्चे हर घर में होते थे...पूरी तलाशी के दौरान उनके डरे-डरे से सहमे चेहरे हमें ताका करते थे और बच्चे चीखते रहते थे। इस तरह हर आदमी को संदेह की निगाह से देखना और घर-घर की तलाशी लेना कितना पीड़ाजनक था!

हम लोग अमृतसर से आगे बाघा बार्डर तक भी गए। भारतीय सीमा पर जहाँ बीएसएफ के जवान तैनात थे तो वहीं पाकिस्तान की सीमा पर पाकिस्तानी रेंजर्स नियुक्त थे। दोनों तरफ के जवानों ने हम लोगों का अच्छी तरह अभिवादन किया। एक कदम इधर अपना भारत देश और एक कदम उधर आतंकवाद को बढ़ावा देने वालों का देश। एक-सी भाषा, एक-सी मिट्टी और एक-सा दिलों का ज़ज़्बा किन्तु सालों पहले बोये गए घृणा के

बीजों की फसल को तो कटना ही था। आश्चर्य की बात ये थी कि ब्रिटिश हुक्मरानों ने, जिनको क्षेत्र का ज्ञान बहुत कम था और जिनके लिए मानवीय मूल्यों व भारतीय जिंदगियों की कोई कीमत नहीं थी, नक्शे पर रातों-रात एक लाइन खींच दी थी और उसी ने दो देशों की सीमाएँ निर्धारित कर दी थीं। बिना भौगोलिक ज्ञान एवं मानवीय संवेदनाओं के विभाजन की इस रेखा ने दोनों देशों की कितनी पीढ़ियों और कितने परिवारों के दिलों को चीर डाला था, इसकी पीड़ा का अन्दाज लगा पाना उन लोगों के लिए सम्भव नहीं था।

हम लोग पुलिस के द्वारा पकड़े गए आतंकवादियों से पूछताछ हेतु बने केन्द्रों में गए, जहां एक संदिग्ध आतंकवादी से पूछताछ की जा रही थी। वहाँ जाकर अहसास हुआ कि पुलिस और आतंकवादी दोनों को लगभग एक ही तरह के द्वंद्व से गुजरना पड़ रहा था। पुलिस के पास कोई जादुई छड़ी नहीं थी, जिससे वह जान पाते कि कौन आतंकवादी है और कौन नहीं... या आतंकवादियों से उगलवा पाते कि उनके दूसरे साथी कौन और कहाँ हैं? इस युद्ध क्षेत्र में घण्टों-घण्टों की पूछताछ और शारीरिक प्रताड़ना आम-सी बात थी। मैंने सोचा कि पूछताछ किए जाने वाला नौजवान यदि निर्दोष हुआ तो? मुझे लगा कि इस अमानवीय व्यवहार के बाद यदि वह आतंकवादी नहीं भी होगा तो निश्चित रूप से आतंकवादी बन जाएगा। यदि वह आतंकवादी हुआ और बाद में न्यायालय से दोषमुक्त हो गया तो वह जरूर इन पुलिस वालों और इनके परिवारों का जानी दुश्मन बन जाएगा। कैसी नियति थी कि देश की एक नौजवान पीढ़ी के समूचे जीवन को इसका खामियाजा भुगतना था!

आखिर आतंकवाद की यह लड़ाई किधर जा रही थी और क्यों? इस उठापटक में शुरू में जरूर ऐसा सोचा गया कि आतंकवादियों का पलड़ा भारी था, परन्तु कुल मिलाकर हार किसकी हुई? कभी देश के सबसे समृद्ध रहे इस पंजाब प्रदेश की जनता की ही तो हार हुई जो कभी आतंकवादियों की गोलियों का निशाना बनी तो कभी पुलिस की ज्यादतियों की। कुल मिलाकर नुकसान तो देश का ही हो रहा था। और

जहां तक पुलिस का सवाल था, लगता था कि वह तो हर किसी के निशाने पर थी। आम जनता आतंकवाद को नियंत्रित न कर पाने के लिए उनसे नाराज थी तो दूसरी तरफ आधुनिक शस्त्रों से सुसज्जित आतंवादियों के विरुद्ध ऑपरेशन करने से उनको और उनके परिवारों को हमेशा खतरे के बवंडर के बीच रहना पड़ता था। आतंकवादियों के मन में तो निर्दोष लोगों और पुलिस कर्मियों के परिवारों के अधिकारों का खयाल तक नहीं आता था...वे तो किसी की भी जान लेने और अपनी जान देने को मानो तैयार बैठे रहते थे।

पंजाब के अपने अनुभव के दौरान मैंने यह जरूर सीखा कि यदि समर्पित, दृढ़ निश्चय और कुशाग्र बुद्धि के लोग कमाण्डिंग पोजिशन पर बैठे हों तो आतंकवाद के विरुद्ध लड़ाई लड़ना अधिक आसान हो जाता है।

* *

जून, 1993 में रुद्रपुर में ऑपरेशन की कमाण्ड सम्भालने तथा एक महीने तक हीरा सिंह का तराई के जंगलों में पीछा करते रहने के बाद हमने आतंकवाद की लड़ाई को सामाजिक और मानसिक स्तर पर भी लड़ने की ठानी। हम लोगों ने आतंकवादियों के सामाजिक आधार को तोड़ने का संकल्प लिया। इसके लिए दोतरफा रणनीति बनाई। एक ओर पुलिस की ज्यादतियों को खत्म करना और दूसरी ओर आतंकवादियों के गलत कामों को जनता के सामने उजागर करना और उनकी असलियत जनता तक पहुँचाना। इस प्रक्रिया में मैंने पूरी तराई में आतंकवादी हिंसा के घटना-स्थलों का पुनः भ्रमण किया, आतंकवादी हिंसा के शिकार लोगों से मिला...यहाँ तक कि आतंकवादियों के परिजनों से मिला और आतंकवाद के विरोध में गोष्ठियाँ आयोजित कीं। इस दौरान कई ऐसे मौके आए जब आतंकवाद की मानवीय त्रासदी को देखकर मन भावुक हो उठा।

एक दिन खबर मिली कि बी.एस.टी.के. के पूर्व एरिया कमाण्डर स्वर्ण सिंह जवन्दा का एक साथी राजा सिंह जमानत पर छूट कर आया है तो

मैंने उससे मिलने का मन बनाया। मुझे विश्वास था कि उससे जवन्दा व हीरा सिंह के बारे में जानकारी मिल सकती थी। रास्ते में मुझे यह भी मालूम हुआ कि एक बार सभी आतंकवादी राजा सिंह के घर पर इकट्ठा हुए थे और उसके घर के पास ही पड़ने वाले जंगल के गडप्पू नामक बैरियर पर इन आतंकवादियों ने दस निर्दोष और असहाय लोगों को गोलियों से भून डाला था। मेरे मन में विचार आया कि इतना जघन्य अपराध करते वक्त क्या इन आतंकवादियों की रूह नहीं काँपी होगी...क्यों उनका हृदय निर्दोष लोगों को अपने सामने मरते देखते हुए नहीं पिघलता?

राजा सिंह के घर के बाहर हमें एक खोई-खोई-सी दुबली-पतली पाँच-छः वर्ष की लड़की दिखायी दी, जो चड्डी पहने घूम रही थी। मेरे साथ आए हल्के के दरोगाजी ने राजा सिंह को आवाज दी तो अन्दर से एक मध्यम उम्र की महिला बाहर आयी, जो चेहरे की झुर्रियों के कारण अधेड़ उम्र की लगती थी। इस महिला ने दरोगा जी को नमस्ते की तो वह बहुत ही डरी और सहमी प्रतीत हो रही थी। उसकी आँखों से मानो एक सवाल उभर रहा था, 'कहीं फिर से पुलिस वाले पकड़ने तो नहीं आ गए? हाय भगवान, अब क्या होगा!' वह महिला राजा सिंह की पत्नी थी। दरोगाजी ने महिला को समझाया कि डरने की जरूरत नहीं है, राजा सिंह को बुलाओ।

थोड़ी देर में राजा सिंह बाहर निकल कर आया। उसकी उम्र करीब तीस-पैंतीस की रही होगी परन्तु देखने में एकदम दुबला-पतला और मरियल-सा लग रहा था। वह सीधे आकर मेरे पैरों के पास जमीन पर बैठ गया। उसके हाथ काँप रहे थे, उसमें धीरे-धीरे कम्पन बढ़ता जा रहा था। कुछ देर बाद मैंने महसूस किया कि उसके पैर भी काँपने लगे हैं, यहाँ तक

कि उसके लिए पैरों के सहारे बैठना भी कठिन होता जा रहा है। धीरे-धीरे यह कँपकँपी उसके पूरे शरीर में फैल गई। ऐसा लगता था कि मानो उसकी रूह तक काँप उठी हो।

किसी आतंकवादी के साथ यह मेरी पहली मुलाकात थी। मैं तो एक खूँख्वार आतंकवादी से मिलने की कल्पना लेकर यहाँ आया था मगर यहाँ आने पर मैं हैरान था क्योंकि राजा सिंह अपने मन में समाये भय से इस कदर काँप रहा था कि पत्थर दिल इन्सान भी पसीज जाए।

राजा सिंह की पत्नी दरोगाजी की चिरोरियाँ कर रही थी, ''अजी आप तो बहुत अच्छे हो जी...हम पर कुछ रहम करो साहब...ये तो कभी खाड़कुओं के साथ गए ही नहीं जी...ये बच्ची भी तो आपकी ही है जी...आपको इसका बाप खाड़कू लगता है जी...अभी कुछ महीने पहले ही तो वो जेल से छूट कर आए हैं...'' ऐसा बोलते-बोलते उसकी हिचकियाँ बँध आई थीं।

मैं उसके व्यवहार से हैरान था। कुछ देर बातें करने के बाद उन लोगों के व्यवहार का कारण मेरे मन में कौंधा कहीं ये लोग यह तो नहीं सोच रहे हैं कि पुलिस इनका फर्जी एनकाउण्टर करने आई है?...मुझे जल्दी ही विश्वास हो गया कि यह मौत का डर ही था जिसने राजा सिंह व उसकी पत्नी को इस कदर अन्दर तक भयभीत कर दिया था। मैं समय का सच देख रहा था कि निर्दोष व्यक्तियों की जान लेते वक्त एक पल भी न सोचने वाले आतंकवादियों को अपनी जान कितनी प्यारी होती है! कैसा विरोधाभास था! ऐसे में मुझे स्वर्गीय रामआसरे यादव, उसकी नवविवाहिता पत्नी और बेटी का खयाल आया जिसने अपने पिता का मुँह भी नहीं देखा था।

एक बिंदु पर आकर मूलभूत मानवीय आवश्यकताएँ, अहसास और त्रासदियाँ आतंकवादियों और पुलिस दोनों के परिवारों के लिए एक समान थीं। मैंने सोचा मौत और मौत का डर एवं उससे लायी गई तबाही सभी के जीवन पर एक ही सा प्रभाव छोड़ती हैं।

हम इन लोगों से आवश्यक जानकारियाँ लेकर लौट आए। राजा सिंह ने बताया कि वह एक जमीन के झगड़े में जेल गया था, जहाँ जवन्दा से उसकी मुलाकात हुई थी। जेल में ही जवन्दा ने उससे वायदा किया था कि जेल से छूटकर वह राजा सिंह को मनचाही जमीन दिलवा देगा। और तभी से जवन्दा उसका धरम भाई बन गया था और इसीलिए वह और उसके अन्य आतंकवादी साथी उसके यहाँ आकर रुकते थे। उसने यह भी बताया कि उसकी दयालुता व भाई-चारे के बोझ तले दबे और आतंकवादियों के भय के ही कारणों से राजा सिंह चुपचाप उनका साथ देता रहा था।

राजा सिंह ने यह भी बताया कि जवन्दा भाग कर पंजाब चला गया था और अब इस एरिया का एरिया-कमाण्डर हीरा सिंह ही था। राजा सिंह अब आराम की जिन्दगी जीना चाहता था। मैंने इन पति-पत्नी को आश्वस्त किया कि यदि वह अपराध व आतंक दुनिया से दूर रहेंगे तो निर्भय रहकर अपना काम कर सकते हैं। उनको पुलिस तंग नहीं करेगी।

* *

राजा सिंह के पड़ोस में ही सिद्दा सिंह का घर था। सिद्दा सिंह बी. एस.टी.के. में काफी ऊँचे दर्जे का आतंकवादी था जो टाडा एक्ट में बन्द था। मैंने सुना था कि उसी ने हीरा सिंह व जवन्दा को आपस में मिलवाया था। ऐसे लोगों के घर पर आम तौर पर पुलिस तैनात कर दी जाती है, जिससे कि वहाँ पर आतंकवादी शरण न ले सकें। सिद्दा सिंह के घर पर भी नागालैण्ड स्पेशल पुलिस की एक पिकेट लगायी गई थी।

एक दिन मैं नागा स्पेशल पुलिस की पिकेट का निरीक्षण करने वहाँ गया। कुछ देर तक जवानों से बातें करने के बाद सिद्दा का बाप मेरे पास आया और मुझे एक कोने में ले गया। अचानक वह दोनों हाथ जोड़कर मेरी मिन्नतें करने लगा, "साहब, मेरी मासूम लड़कियों को तो देखो...एक लड़की तो शादी लायक भी हो गई है...मेरा लड़का खाड़कू बन गया तो उसमें इन लड़कियों का क्या दोष...बेटा अपनी सजा भुगते, पर उसकी

सजा को ये मासूम बच्चियाँ क्यों भुगतें।" मैं कुछ ज्यादा नहीं समझ पाया तो सिद्दा सिंह के बाप ने दुबारा कहना शुरू किया, "साहब महीनों से हमारे घर पर नागा पुलिस रुकी हुई है। ये अपने परिवारों से हजारों मील दूर बैठे हैं...इनमें से कुछ लोग हर वक्त मेरी बेटियों को खा जाने वाली निगाहों से घूरते रहते हैं...साहब, इससे तंग आकर मुझे बेटियों को उनके चाचा के घर पंजाब भेजना पड़ा है।"

अब मुझे सिद्दा के बाप की दुविधा समझ में आई। पुलिस को घरों के इतने अन्दर भी नहीं लगाया जाना चाहिए था कि वे नौजवान लड़कियों की प्राइवेसी को झाँककर देखें। चाहे ये आतंकवादियों की बहिनें या बेटियाँ ही क्यों न हों...उनके भी सम्मान एवं मर्यादा की रक्षा की जानी चाहिए थी। उन्होंने तो कोई अपराध नहीं किया था, वह तो खुद ही पीड़ित थीं। आखिर बाप या भाई के किए की सजा ये क्यों भुगतें? मैंने मन पक्का करके जवानों को वहां से हटाने का निर्णय ले लिया था और यह भी निर्णय लिया कि और कहीं पर भी ऐसा नहीं होने दिया जाएगा। इसके बाद नागा पुलिस वहाँ से हटा दी गई।

* *

एक दिन जब हम हीरा सिंह की तलाश में निकले थे तो काशीपुर के रास्ते में हम लोगों ने एक सुन्दर बाग के पास गाड़ी रोक दी। यह एक सम्पन्न आदमी का फार्म-हाउस प्रतीत होता था, जिसमें आम और अमरूद का बगीचा और उसके साथ एक सुन्दर नर्सरी भी थी। यह उस गाँव के प्रधान दरिया सिंह का घर था। इस शान्त और सुन्दर जगह को देखकर मैंने कुछ देर वहाँ बिताने का निर्णय लिया। इतनी देर में इस घर की कहानी जानने को मिली।

दरिया सिंह की पुलिस में अच्छी ऊठ-बैठ थी, उसको पुलिस का सहयोगी माना जाता था। वह बड़ी चैन व आराम की ज़िंदगी जी रहा था क्योंकि उसके पास जमीन, खेत, धन, सम्पन्नता, इज्जत सब कुछ था। अचानक एक दिन दरिया सिंह और उसके परिवार पर मुसीबत आन पड़ी।

एक रात जवन्दा अपने पाँच-छः साथियों के साथ उसके खेत पर आ धमका था। उन्होंने दरिया सिंह से खाना खिलाने को कहा तो उसे खाना खिलाना पड़ा। आतंकवादियों ने फिर सोने का इन्तजाम करने का आदेश दिया। दरिया सिंह ने इसका भी इन्तजाम किया और आतंकवादियों के लिए छत पर चारपाइयाँ बिछा दीं।

परन्तु आतंकवादियों की माँग यहीं तक नहीं रुकी। जवन्दा ने इशारा किया कि दरिया सिंह की तीन जवान लड़कियाँ भी तो हैं, और उनको छत पर भेजने की माँग की। बेचारा बाप! क्या उसके लिए देखने-सुनने के लिए यही दिन बचा था! दरिया सिंह का पूरा शरीर गुस्से से भर उठा परन्तु जान किसको प्यारी नहीं होती, एके-47 के सामने वह पूरी तरह बेबस था-उसने दो दिन का समय मांगा।

दरिया सिंह ने काफी भाग-दौड़ की और अपनी जाति के सभी सरमायेदारों के हाथ जोड़े...कोई तो उसे और उसकी लड़कियों को इन दरिन्दों से बचाये, परन्तु कोई सामने नहीं आया। कोई आता भी तो कैसे? पूरी तराई में आतंक का माहौल था, जवन्दा और हीरा सिंह के नाम से जनता तो क्या, पुलिस भी काँपती थी। यह भी चर्चा का विषय रहा था कि एक बार एक दरोगा जी ने जवन्दा के पैर छूकर उससे अपने प्राणों की भीख माँगी थी। ऐसे आतंक के माहौल में कौन सहायता को आगे आता।

वह तो दरिया सिंह और उसके परिवार की किस्मत अच्छी थी कि अगले दिन सुबह-सुबह पुलिस उधर से गुजर रही थी और दरिया सिंह को पुलिस का सहयोगी मानते हुए कुछ समय के लिए उसके झाले पर रुक गई। जवन्दा और उसके साथियों ने सोचा कि दरिया सिंह ने हमें धोखा दिया है और पुलिस को बुलवा लिया है। आतंकवादियों ने छत से एके-47 से पुलिस पर गोलियों की बौछार शुरू कर दी। पुलिस पार्टी अचानक हुए इस हमले से भौंचक्की रह गई। कहाँ तो वे सुस्ताने आए थे, परन्तु यहाँ तो प्राणों के लाले पड़ गए। चूँकि पुलिस काम्बिंग के लिए जा रही थी और हथियारों से लैस थी, इसीलिए आतंकवादियों से मोर्चा लेने में सफल रही। जवन्दा

और उसके साथी छत से कूदकर पीछे की तरफ से गन्ने के खेतों में भाग गए। इस पूरी मुठभेड़ में कई निरीह जानवर मारे गए। इस प्रकार दरिया सिंह और उसके परिवार को उन आतंकवादियों से छुटकारा मिला।

आतंकवाद के शुरुआती दिनों में ये खाड़कू धर्म के ठेकेदार बनते थे और पंथ में आई बुराइयों शराब, जुआ, औरतबाजी आदि के खिलाफ लड़ने का बीड़ा उठाते थे। कालचक्र ने ऐसा रूप लिया कि एके-47 की गोलियों की ताकत ने इन आतंकवादियों को इतना अंधा बना दिया कि ये तथाकथित 'समाज-सुधारक' अच्छाई-बुराई का फर्क भूलकर स्वयं इन बुराइयों में भयंकर रूप से लिप्त हो गए थे। इसी कारण जनता एवं समाज में इनकी छवि खराब हुई और आतंकवाद को जड़ से खत्म करने में पुलिस को आसानी हुई।

* *

हम लोगों ने एक दिन गाँव में आतंकवाद विरोधी जागरूकता गोष्ठी की। यह हमारे आतंकवाद के विरुद्ध अभियान का एक हिस्सा था। उस क्षेत्र के थानाध्यक्ष व क्षेत्राधिकारी ने पहले तो ऐसी मीटिंग रखने से मना किया था, फिर मेरी जिद करने पर कुछ गिने-चुने लोगों को ही बोलने के लिए सूचीबद्ध किया गया था जिससे कोई गलत न बोलने पाए। क्योंकि सभी को बोलने की पूरी छूट दिये बिना जमीनी सच्चाई का आभास होने वाला नहीं था, इसलिए मैंने धीरे-धीरे सभी को बोलने की खुली छूट दी।

तभी भीड़ से एक लम्बा-चौड़ा, तगड़ा जट-सिख खड़ा हुआ। उसका नाम था बिरसा पहलवान। उसने तो गजब ही कर डाला और पूरी मीटिंग का माहौल बदल डाला। "इन खाड़कूओं ने हमें और हमारी कौम को क्या दिया है? ये खाली सत्ता और शक्ति का खेल है...इन लोगों को धरम से क्या लेना देना? इनको खाली पैसा चाहिए, औरतें चाहिए। मैं आतंकवाद के विरुद्ध लड़ाई के लिए खुल कर पुलिस के साथ खड़ा हूँ। अगर आतंकवादियों में हिम्मत है तो आएँ और मुझे मार डालें।"

पहलवान द्वारा दिखाये गए साहस ने पूरी भीड़ पर जादू जैसा कर डाला। इसके बाद सभी ने खुलकर आतंकवाद के विरुद्ध अपने विचार व्यक्त किए। एक दुबला-पतला ग्राम प्रधान जिसका नाम सरदार कीमत सिंह था, ने भी अपनी बातें भीड़ के सामने रखीं और कई मार्मिक सवाल उठाये, जिसने हर किसी को सोचने पर मजबूर कर दिया। उसका कहना था, "साहब, मैं प्रधान हूँ, मेरी अपने गाँव और आस-पास के गाँवों में अच्छी-खासी इज्जत है। पहले थाना-कचहरी जाता था तो बड़ी इज्जत होती थी। दरोगा जी और तहसीलदार तक मुझे सम्मानपूर्वक बैठने के लिए कहा करते थे, गाँव के हाल-चाल पूछते थे। दरोगा जी जब गाँव में आते थे तो मेरे घर पर ही रुकते थे।"

इतना बोलकर अचानक उसका गला रुंध गया। उसने किसी तरह अपने को नियंत्रित किया और फिर बोलना शुरू किया, "साहब, पिछले कुछ सालों से, जब से आतंकवाद के भयानक नाग ने अपना फन उठाया है, तब से मेरा जीना दूभर हो गया है। इस आतंकवाद ने पूरी तराई को तबाह कर डाला है। अब मैं यदि थाने जाता हूँ तो दरोगा जी तो दूर, संतरी से लेकर दीवान तक सभी मुझे शक की निगाह से देखते हैं, मेरी तलाशी लेते हैं। जो दरोगा जी पहले मुझे देखते ही खड़े होकर बातें करते थे, बैठने के लिए कहते थे, वही दरोगा जी अब सवाल पूछते हैं, कहीं खाड़कू गाँव में तो नहीं आए, कहीं उन्होंने खाना तो नहीं खाया...? लगता है, उन्हें मैं या तो आतंकवादी नजर आता हूँ या उनका मुखबिर।"

सरदार कीमत सिंह की आपबीती अत्यन्त ही भावुक और मार्मिक हो उठी थी। उसने उसी भावुकता में अपनी बात जारी रखी, "साहब हम क्या करें, अब तो मुझे खुद ही अपने पर शक होने लगा है कि कहीं मैं आतंकवादी तो नहीं? ये शक से भरी निगाहें अब और नहीं सही जातीं। ऐसा जीना भी क्या जीना है जहाँ हमारी इंसानियत और देशभक्ति पर ही सवाल खड़े किए जाएँ। इन कुछ गुण्डे-बदमाशों ने पूरी की पूरी कौम पर ऐसा दाग लगा दिया है कि हर कोई हमको शक की निगाहों से घूरता है।..." और कीमत सिंह फूट-फूट कर रोने लगा।

आतंकवाद की त्रासदी मेरे सामने विभिन्न रूपों में खुद को प्रकट कर रही थी। हीरा सिंह के मरने के बाद तराई से आतंकवाद लगभग खत्म हो चुका था। पुलिस फाइलों में कुछ आतंकवादियों के नाम बचे थे जो अभी तक न तो मारे गए थे और न ही पकड़े गए थे। इसलिए ये वांछित आतंकवादियों की श्रेणी में आते थे। ऐसे ही एक आतंकवादी बग्गा ने आत्म-समर्पण किया था। बग्गा की उम्र कोई सोलह-सतरह साल की रही होगी। जब उसको पुलिस रिमांड पर लेकर पूछताछ की गई तो आतंकवाद के कई रोचक पहलू सामने आए।

बग्गा को आतंकवादियों के मुद्दों की कोई समझ नहीं थी। वे क्यों लड़ रहे थे? किसके लिए लड़ रहे थे? इसके बारे में भी उसे कुछ मालूम नहीं था। उसे तो बस एके-47 का आकर्षण था। उसके लिए जवन्दा और हीरा सिंह किसी फिल्म के हीरो की तरह थे। बन्दूक के डर से बड़े-से-बड़े काम हो जाते थे, यही उसके लिए आतंकवादियों के साथ जुड़ने की प्रेरणा रही थी। उससे बात करते-करते धीरे-धीरे मेरी समझ में आने लगा था कि अपराध के प्रति उसकी कोई मंशा नहीं थी। कानून के जानकार जानते हैं कि मंशा के बिना कोई व्यक्ति अपराधी नहीं कहलाता। मुझे लगा कि यह तो एक अबोध तरुण की जिज्ञासा थी, जिसके चलते वह आतंकवादियों से जुड़ गया था। एके-47 कैसे चलती है, बम कैसे बनाया जाता है, बारूदी सुरंग कैसे लगायी जाती है, इन सब चीजों के बारे में वह बहुत कुछ जानता था और खुद भी अनेक घटनाओं में शामिल रहा था। उसके लिए तो गोली चलाना या बम बनाना बच्चों के खिलौने के समान था। उसके मन में इस बात का अहसास ही नहीं था कि वह कितना क्रूर काम कर रहा है!

इसके समर्पण के अगले दिन अखबारों की सुर्खियों में लिखा था, "बीस लोगों का हत्यारा कुख्यात आतंकवादी बग्गा गिरफ्तार!" उसे पढ़कर बग्गा मेरे सामने फूट-फूट कर रोने लगा और बड़ी मासूमियत से बोला, "साहब, क्या मैं आपको हत्यारा नजर आता हूँ।" वह सच्चे दिल से बोल रहा था क्योंकि जब उसने अपराध किया था तब उसे अंदाज़ा नहीं था कि वह जो कर रहा है, उससे कितने निर्दोष लोगों की जान चली जाएगी। तब

तो वह अपने रोल मॉडल के साथ रहने का मजा ले रहा था और एके-47 और बम का करिश्मा देख रहा था। उसने कभी किसी की हत्या करने की योजना नहीं बनाई थी। इस अखबार की कटिंग के बाद उसे अहसास हुआ था कि अनजाने में वह कितने अपराध कर बैठा था!

आतंकवाद के उस दौर में जाने कितने लोगों की हत्या कर दी गई थी। कितनी औरतों की माँग का सिन्दूर उजड़ गया था। और तो और आतंकवादियों ने अपनी संख्या बढ़ाने के लिए निर्दोष बच्चों को भी अपने जाल में फँसा लिया था और कई अबोध और नासमझ किशोरों को आतंकवादी बना डाला था। आतंकवाद के गर्भ से निकली यह कितनी बड़ी त्रासदी थी!

* * *

भौतिकता, अवसरवादिता, मूल्यहीनता
सबके बोझ तले मरती हुई मानवता–
कोई नई बात नहीं है...
युग–युगों से होता आया है यह तो...!

आज के युग की विकट समस्या
यही है कि...
जीवन की इस अंधी दौड़ में
यही सब तो जीवन मूल्य बन गए हैं!

और...
जो इस दौड़ में शामिल नहीं हो पाते
मूर्ख और पागल कहलाते हैं!

('मेरी डायरी' से फरवरी, 1988)

8

जेलर जेल में

हमारी जेलें अपराधियों को सुधारने के लिए बनी हैं। ये आपराधिक न्याय-प्रणाली का एक महत्वपूर्ण अंग हैं और माना जाता है कि अपराध रोकने में उनकी मुख्य भूमिका है। परन्तु हाल के कुछ वर्षों में देखने में आया है कि कुछ जेलें बड़े अपराधियों के लिए सुरक्षित ऐशगाह बन गई हैं। बड़े अपराधियों को ऐसी जेलों के अन्दर सब तरह की सुविधाएँ उपलब्ध हो जाती हैं। कई जगहों पर अपराधी जेल के अन्दर से ही आपराधिक गैंगों का संचालन भी करते हैं। आपराधिक गतिविधियां करते वक्त उन्हें पुलिस मुठभेड़ व प्रतिद्वंद्वियों से खतरा भी नहीं रहता। आज-कल तो कुछ अपराधी जेल में ही रहते हुए चुनाव भी लड़ते हैं।

जेल में जाने वाले सभी लोग खूँखार अपराधी नहीं होते। कई बार कानून का पालन करने वाले सीधे-सादे नागरिक भी पारिवारिक झगड़े या सम्पत्ति के विवाद या सड़क दुर्घटना आदि कारणों से जेल में पहुँच जाते हैं। ये लोग जेल के अन्दर रह रहे संगठित आपराधिक माफियाओं का शिकार बन जाते हैं। खूँखार अपराधी इनको जेल के अन्दर ही पीटने की धमकी देकर इनके परिवारों से काफी मोटी रकम भी ऐंठ लेते हैं। ये सब सौदेबाजी जेल के अन्दर ही हो जाती है उसे अंजाम बदमाशों के बाहर बैठे गुर्गे दे देते हैं। और इस तरह से जेल में बैठे शातिर बदमाश वसूली भी कर लेते हैं और उनके ऊपर कोई इल्ज़ाम भी नहीं आता क्योंकि उनका जेल में बन्द होना कानूनी रूप से उनकी सहायता करता है। कभी-कभी तो जेल का स्टाफ भी इन खूँख्वार अपराधियों से डरकर चुप्पी साध लेता है। कहीं-कहीं पर इन अपराधियों से जेल के स्टाफ की मिलीभगत भी प्रकाश में आयी है।

एक दिन जब मैं एक जनपद में वरिष्ठ पुलिस अधीक्षक के पद पर नियुक्त था तो एक बूढ़ा आदमी मेरे कार्यालय में आया। उसकी कमर झुकी हुई थी और वह एक लाठी का सहारा लेकर चल पा रहा था। वह गाँव का एक छोटा-सा दुकानदार था, जो मटमैला कुर्ता और कई जगह से फटी धोती पहने हुए था। इस व्यक्ति ने बिना किसी डर के जिस दृढ़ता के साथ अपनी बात बतायी, वह सचमुच काबिले तारीफ थी।

उसने बताया कि उसके गाँव के पास का ही एक अपराधी जिला जेल में बन्द था और वह उसको लगातार धमकी भरी चिट्ठियाँ भेज रहा था। इन चिट्ठियों में बदमाश ने उससे एक लाख रुपये की माँग की थी और रुपया न देने पर उस वृद्ध व्यक्ति को या उसके पोते को मारने की धमकी भी दी थी।

सबसे पहले तो मुझे इस बात पर हैरानी हुई कि एक इतने गरीब-से दिखने वाले व्यक्ति से भी कोई फिरौती माँग सकता है। जब मैंने उससे इस बारे में सवाल पूछे तो मेरी समझ में आ गया कि मेरी हैरानी गलत थी। क्योंकि वसूली हर स्तर पर हो सकती है और जब आदमी को जान के लाले पड़े हों तो गरीब-से-गरीब आदमी भी अपना घर, दुकान, जमीन अथवा गहने बेचकर, अपराधियों के कहर से बचने के लिए एक या दो लाख रुपये जुटा ही सकता है।

दुख की बात तो यह थी कि यह वसूली का धंधा अपराधियों को सुधारने के लिए बनी जेल से ही चलाया जा रहा था। मैं यह भी सोच रहा था कि पैसा कहाँ और किसको दिया जाएगा। मैंने बूढ़े बाबा से पूछा तो उसने बताया कि पैसे को जेल में ही दिया जाना है। यह सुन कर मैं तो दंग ही रह गया। बड़े और खूँख्वार अपराधी जेलों में रहकर आपराधिक गतिविधियों का संचालन करते हैं, यह तो मैंने सुना था, किन्तु जेल के अन्दर ही पैसा भी इकट्ठा किया जा रहा है, ऐसी शर्मनाक और आश्चर्यजनक बात मैंने पहली बार सुनी थी।

हमारी जेलों में व्यवस्था इस हद तक बिगड़ चुकी है, यह सुनकर मैंने इस गन्दगी को जड़ से मिटाने का संकल्प लिया। मैंने कुछ तय करने के बाद उस वृद्ध व्यक्ति से कहा, ''बाबा, हम इन अपराधियों को पकड़ने के लिए जाल बिछा सकते हैं परन्तु इसमें आपकी जान को बहुत खतरा होगा।

आपको साहस और हिम्मत का परिचय देना होगा। आपकी मदद के बिना हम ये सब नहीं कर पाएँगे।''

वृद्ध कुछ देर तक सोचता रहा और साहस बटोर कर बोला कि 'मैं आपका पूरा साथ दूँगा। क्षेत्र वासियों को इन बदमाशों की बदमाशी से छुटकारा दिलाने के लिए मुझे किसी भी हद तक जाना पड़े, मैं पीछे नहीं हटूँगा।' तब मैंने उसे अपनी पूरी योजना समझायी, जिससे वह बदमाशों से सम्पर्क कर योजना के अनुसार जेल में पैसा पहुँचाने का दिन व समय आदि निर्धारित कर सके।

निर्धारित तिथि पर वृद्ध समय से दो घंटा पहले ही आ गया और अपने साथ नोटों की गड्डी भी लेता आया। इस बार उसके चेहरे पर आत्मविश्वास साफ झलक रहा था और उसकी चाल में भी दृढ़ता थी। वह पिछली बार की तरह झुका हुआ या टूटा हुआ भी नहीं लग रहा था। मैंने चुटकी लेते हुए कहा, ''बाबा, आज तो आप जवान लग रहे हो!''

वृद्ध ने अत्यन्त भावुक होकर कहा, ''साहब, आपने ध्यानपूर्वक मेरी पूरी बात सुनी और उसकी गम्भीरता को समझ कर मेरी सहायता करने के लिए योजना बनाई, यह मेरे लिए बहुत बड़ी बात है। आपकी बातों से तो मुझे मानो ज़िंदगी का एक नया मकसद ही मिल गया...इस बूढ़े आदमी की जिंदगी यदि इलाके के लोगों को इस तरह के बदमाशों से छुटकारा दिला सकने में काम आ जाय तो मैं अपना जीवन धन्य समझूँगा।''

मुझे भी ऐसा लगा कि यह वृद्ध सिर्फ अपने ही लिए नहीं, बल्कि पूरे समाज के लिए मददगार साबित हो सकता है। ऐसे बदमाश को पकड़वा कर समाज को इस गन्दगी से छुटकारा दिला सकता था। इस दुबले-पतले और कमजोर व्यक्ति द्वारा दिखाये गए साहस को देखकर मन ही मन मैं उसके प्रति कृतज्ञता अनुभव करने लगा। जो आदमी कल तक इतना डरा व भयभीत दिख रहा था, वही आज इतना निडर होकर सीना ठोक कर खड़ा था और कह रहा था कि समाज को ऐसी बुराइयों से छुटकारा दिलाने के लिए उसे अपनी जान भी गँवानी पड़े तो उसे कोई परवाह नहीं होगी।

हमने अपराधियों से मिलने के बहाने उस वृद्ध के साथ जाने वाली पुलिस पार्टी को सादे कपड़ों में तैयार किया। नोटों की गड्डी पर निशान

लगाये और फिर इस पार्टी को उस आदमी के साथ जेल भेज दिया। सामान्यतः जेल में प्रवेश करने के नियम काफी कड़े होते हैं। पहले तो मिलने की अनुमति लेनी पड़ती है, अनुमति मिलने के बाद आदमी को पूरा विवरण विस्तार से जेल के रजिस्टर में अंकित करना पड़ता है, कितने बजे प्रवेश किया, कितने बजे बाहर निकले, किससे मिलना है आदि-आदि।

पुलिस पार्टी को यह सब विवरण अंकित करना पड़ा, किन्तु उनके साथ ही गए वृद्ध को, जो नोटों की गड्डी लेकर गया था, किसी भी तरह की औपचारिकता पूरी नहीं करनी पड़ी। उसको जेल के कर्मचारी रजिस्टर में लिखा-पढ़ी किए बिना ही सम्बन्धित अपराधी से मिलाने के लिए ले गए। इससे साफ जाहिर था कि जेल के स्टाफ को इस वसूली के धंधे की जानकारी पहले से थी और उनकी भी इसमें मिली-भगत थी।

अपराधी ने उससे नोटों की गड्डी ले ली और उसको आश्वस्त किया कि उसे और उसके पोते को डरने की कोई जरूरत नहीं है। वह खुद तो उनको कुछ कहेगा ही नहीं, बाकी अपराधियों को भी कुछ नहीं करने देगा। फिर उसने नोटों की गड्डी जेल के ही किसी स्टाफ को दे दी, जो सम्भवतः इसके बाद बँटवारे की व्यवस्था करने वाला था।

इस समय तक पुलिस पार्टी ने अपनी सही पहचान नहीं बताई थी। उन्होंने मुझे फोन पर पूरा घटनाक्रम बताया तथा अगले निर्देश माँगे। मैंने उनसे कहा कि वे अपनी पहचान को सार्वजनिक कर दें और सभी सम्बन्धित लोगों से पूछताछ करें कि कैसे बिना प्रविष्टि और तलाशी के इस वृद्ध को जेल के अन्दर आने की अनुमति दी गई? पैसा जेल के अन्दर क्यों पहुँचने दिया गया? कैसे पैसा लिया गया और अब जेल के कर्मचारी के पास ही रखा है? जेल मैनुअल के प्रावधानों का पालन क्यों नहीं किया गया?

पुलिस पार्टी ने उपरोक्त सवालों पर जेल स्टाफ से गम्भीरता से पूछताछ की। उनकी पूछताछ से पूरी तरह स्पष्ट हो गया कि इस पूरे अपराध में जेल स्टाफ के कुछ तत्व भी सम्मिलित थे, क्योंकि उनकी सहमति के बिना ऐसा सम्भव ही नहीं था।

अभी तक तो मैं पुलिस अधिकारी होने के नाते पुलिसकर्मियों के खिलाफ जो शिकायतें मुझे मिलती रहती थीं, जिनमें सत्यता पाए जाने पर उनके विरुद्ध कार्यवाही करता था, किन्तु जेल के स्टाफ द्वारा अपने छोटे-छोटे निजी स्वार्थों की पूर्ति हेतु समाज को कितनी बड़ी क्षति पहुँचाई जा रही थी, यह मैंने पहली बार देखा था। कुछ सरकारी अधिकारियों और कर्मचारियों के इस तरह के भ्रष्ट आचरण व क्रिया-कलापों से लोगों का पूरी न्याय व्यवस्था या प्रशासन से विश्वास ही उठ जाता है।

मैंने कठोर निर्णय लेते हुए मौके पर इस अपराध में शामिल जेल के सभी कर्मचारियों एवं जेलर को भी अवैध वसूली की धाराओं में गिरफ्तार करने के निर्देश दिए। यह शायद जेल के इतिहास में पहली बार हुआ होगा कि जेल का एक जेलर स्वयं ही अभियुक्त के रूप में उसी जेल में बन्द हुआ हो। जेल की स्टाफ-यूनियन ने प्रदेशव्यापी हड़ताल की धमकी दी किन्तु कानून तो अपना काम करेगा ही। अन्ततः पूरी विवेचना के बाद पर्याप्त साक्ष्य पाए जाने पर बदमाशों एवं जेल कर्मियों के विरुद्ध चार्जशीट न्यायालय भेजी गई।

उसके बाद उस जेल में जो जेलर आए वह बहुत कड़क थे। बहुत जल्द ही उन्होंने जेल की कार्यप्रणाली को सुधार दिया और अपराधियों को अहसास कराया कि जेल से किसी भी हालत में अपराध नहीं होने दिया जाएगा।

वह वृद्ध सचमुच बहुत खुश था कि उसने समाज की रक्षा के लिए एक मिसाल कायम की थी। साथ ही उसके द्वारा दिखाये गये साहस की बदौलत खाकी को भी इंसानियत की सेवा करने का एक और अवसर मिला।

* * *

तुम्हारे असीम फैलाव में
हजारों असहाय जन दर्द से कराहते रहते हैं,
फिर भी तुम निःशब्द बहती रहती हो!

तुम्हारे किनारों पर नैतिकता ध्वस्त होती रहती है
और मानवता कराहती रहती है,
फिर भी तुम अविरल बहती रहती हो!

हे शक्तिशाली गंगा माँ!
इतिहास तुमसे माँग करता है कि
तुम आगे बढ़ो और आम आदमी को शक्ति दो
ताकि वह आगे बढ़कर अपनी
लड़ाइयाँ खुद लड़ना सीखे।

(भूपेन हजारिका की कविता 'गंगा' का अंश)

9

मौत के साये में ज़िंदगी

हरिद्वार हिन्दुओं का एक अत्यन्त महत्वपूर्ण धार्मिक स्थल है। हरिद्वार को हर और हरि यानि शिव और विष्णु दोनों के द्वार के रूप में जाना जाता है। हरिद्वार का पौराणिक नाम गंगाद्वार भी रहा है। मोक्षदायिनी पवित्र माँ गंगा पहाड़ों से निकलकर पहली बार मैदानी क्षेत्र में हरिद्वार में ही प्रवेश करती है। गंगा के प्रति देश भर के लोगों में जो अटूट मातृवत् श्रद्धा, और आस्था है वह हरिद्वार आकर और भी बढ़ जाती है। किन्तु दुख की बात है कि यह पवित्र नगरी भी अपराध से अछूती नहीं है। गंगा की इस पावन धरती पर भी समय-समय पर बड़े-बड़े अपराधी और माफिया सक्रिय रहे हैं।

वर्ष 2003 में जब मैं हरिद्वार में वरिष्ठ पुलिस अधीक्षक के पद पर तैनात था तो एक सम्पन्न-सा दिखने वाला नौजवान एक दिन मेरे कार्यालय में आया और उसने बताया कि वह मुझसे अकेले में बात करना चाहता है। अपने हाव-भाव से वह काफी भयभीत नज़र आ रहा था। उसकी रुड़की में इलेक्ट्रॉनिक्स की दुकान थी और कोई माफिया डॉन उसको बार-बार धमकी देकर उससे दस लाख रुपये की माँग कर रहा था। माँग पूरी न करने पर उसको और उसके परिवार को जान से मारने की धमकी दे रहा था।

शुरू में तो मुझे अजीब लगा कि वह छुप-छुप कर और अकेले में क्यों बातें करना चाह रहा है किन्तु थोड़ी देर बाद मुझे उसकी मनोदशा समझ में आ गई कि डर उसके मन में इतने गहरे समा चुका था कि वह नहीं चाहता था कि उसकी बातें मेरे अलावा कोई और सुने या किसी और को

यह पता लगे। उसका यह डर भी स्वाभाविक था कि बात खुल जाने पर उसको जान का खतरा बढ़ सकता था। मैंने उसकी पूरी बातें ध्यान से सुनीं और केस के सम्बन्ध में सारी जानकारियाँ उससे लीं। जो बदमाश इस व्यापारी से पैसे माँग रहा था वह सचमुच क्षेत्र का बहुत बड़ा बदमाश था। उस पर अभी तक हत्या, लूट व जबरन वसूली के 30 से भी अधिक मुकदमे दर्ज हो चुके थे। अपराध जगत में उसका नाम इतना आगे बढ़ चुका था कि लोग उसके खिलाफ़ रिपोर्ट लिखाने की हिम्मत नहीं करते थे। मैंने सम्बन्धित थानाध्यक्ष को फोन करके उसकी पूरी मदद करने हेतु आदेश दिए। साथ ही अपनी एस.ओ.जी. यूनिट (स्पेशल ऑपरेशन ग्रुप यूनिट) को भी उसकी मदद के लिए लगाया, जो टेलीफोन सुनने और दूसरी रणनीतियों में उसकी मदद करती। इसके अतिरिक्त उसकी सुरक्षा के लिए उसको एक गनर भी दिलवा दिया।

इस आदमी द्वारा क्षेत्र के कुख्यात खूँखार माफिया डॉन के खिलाफ शिकायत करना ही बहुत हिम्मत का काम था क्योंकि वर्तमान व्यवस्था में ऐसे लोगों के विरुद्ध शिकायत करने का साहस ही बहुत कम लोग कर पाते हैं। कानून का जो रूप उभर कर सामने आ रहा है, उससे ऐसा लगता है कि कानून का भय आम आदमी में तो है किन्तु खूँखार अपराधियों में उतना नहीं है, जितना होना चाहिए। अपराधी लोग व्यवस्था में जो छेद और खामियाँ हैं, उन्हें ढूँढ ही लेते हैं और उनका फायदा उठाकर शरीफ व्यक्तियों और उनके गवाहों को परेशान करने में लग जाते हैं। इन खूँख्वार अपराधियों की जुर्रत इतनी बढ़ गई है कि किसी तरह की दीवारें और ताले भी इनको नहीं रोक पाते हैं। इस सबके बावजूद उस सामान्य व्यापारी वर्ग के आदमी ने मुझ तक पहुँचने का साहस किया और पुलिस में अपना विश्वास जताया, जो काबिले तारीफ था।

मैंने अपनी ओर से स्थिति को देखते हुए हर सम्भव व आवश्यक कदम उठा लिए थे और इस स्थिति में इससे ज्यादा पुलिस कुछ कर भी नहीं सकती थी। लगभग एक सप्ताह के बाद यह आदमी पुनः मेरे पास आया। इस बार उसके चेहरे पर हवाइयाँ उड़ी हुई थीं और उसका पूरा शरीर काँप

रहा था। एक प्रकार से उसकी घिग्घी बँधी हुई थी। मैंने उसके साथ जो एस.ओ.जी. की टीम लगायी थी, उसने टेलीफोन टेप करने में उसकी मदद की थी। उस व्यक्ति ने मुझे एक टेप देकर उसको सुनने का अनुरोध किया, "साहब आप किसी तरह सिर्फ एक बार इस टेप को सुन लें, इससे ज्यादा मुझमें बोलने की हिम्मत नहीं है।"

जब मैंने टेप सुना तो मैं दंग रह गया। मैंने इतनी घिनौनी और भद्दी गालियों भरी भाषा शायद ही जिन्दगी में कभी सुनी हो। माफिया डॉन इतना ज्यादा गुस्से में था कि उसकी जुबान उसके नियंत्रण में नहीं लग रही थी। ऐसे लोगों की रोजी-रोटी दिल दहला देने वाली इसी तरह की गाली-गलौज पर चलती है, जो शरीफ और असहाय लोगों के पसीने छुड़वा देती है।

बेचारा व्यापारी मेरे सामने बैठा थर-थर काँप रहा था, उसकी आँखों में आँसू भरे थे। लम्बे पुलिस अनुभव के बावजूद टेप की गन्दी व डरावनी भाषा सुनकर मैं भी काफी अन्दर तक हिल गया था। असल में डॉन का गुस्सा इस बात को लेकर था कि इस व्यापारी ने उसके खिलाफ पुलिस में एफ.आई.आर. कैसे लिखवा दी थी। इससे पहले वह पचासों लोगों से फिरौती के रूप में पैसा वसूल चुका था, कई लोगों की सरेआम हत्या कर चुका था, किन्तु किसी ने भी उसके या उसके आदमियों के विरुद्ध नामजद रिपोर्ट लिखाने का साहस नहीं दिखाया था। डॉन के अहम को यह एक खुली चुनौती थी।

माफिया डॉन ने उससे साफ-साफ कह दिया था कि अब उसे दस या बीस लाख रुपया नहीं चाहिए, अब तो वह उस व्यापारी और उसके परिवार को खत्म करके रहेगा क्योंकि एक सामान्य से व्यापारी द्वारा उसके विरुद्ध अभियोग पंजीकृत कराने में माफिया डॉन को अपनी प्रतिष्ठा दाँव पर लगती

प्रतीत हो रही थी। माफिया की धमकियों का आखिरी हिस्सा मुझसे भी जुड़ा हुआ था क्योंकि माफिया ने चुनौती दी थी कि एस.एस.पी. उसे किसी भी कीमत पर नहीं बचा पाएगा। वह कितनी भी सुरक्षा एस.एस.पी. से ले ले, वह अब बच नहीं पाएगा। वह और उसका परिवार जहाँ भी होगा, वह उसको ढूँढ निकालेगा। उसने चेताया कि पहले भी पुलिस बीसियों हत्या एवं वसूली के केसों में असफल हो चुकी थी; वह देख लेगा कि इस बार पुलिस कैसे उसको दबोचेगी?

टेप में डॉन की बातें सुनकर कुछ क्षणों के लिए तो मुझे कुछ भी नहीं सूझा क्योंकि इतने प्रभाव और विश्वास के साथ मैंने किसी अपराधी को पुलिस के विरुद्ध बोलते हुए नहीं सुना था।

यहीं पर आकर कहीं-न-कहीं हमारी आपराधिक न्यायिक व्यवस्था लाचार नज़र आने लगती है, जब बड़े-बड़े अपराधी दिन-दहाड़े सरेआम हत्याएँ करते हैं फिर भी कोई उनके खिलाफ गवाही देने की हिम्मत नहीं करता। पूरी कानून व्यवस्था ऐसे माफियाओं के सामने पंगु नजर आने लगती है। व्यापारी द्वारा लिखाई गई एफ. आई. आर. ही मूलतः वह मुद्दा था, जिसने इस व्यापारी व उसके परिवार को सचमुच मौत के कगार पर ला खड़ा कर दिया था। व्यापारी ने अपने बच्चों को स्कूल तक भेजना बन्द कर दिया था और हर समय उसे ऐसे सपने व विचार आते थे जैसे हर कोने में कहीं-न-कहीं उसे और उसके बच्चों पर डॉन गोलियाँ बरसा रहा है। मुझे अपने थानाध्यक्ष की नादानी पर भी गुस्सा आ रहा था कि उसने व्यापारी की सहायता करने के बजाय नामजद एफ.आई.आर. दर्ज करके केस को बीच में ही बिगाड़ दिया था। उसको इस व्यापारी की ओर से डॉन के खिलाफ नामजद एफ.आई.आर. कराने के बजाय कोई दूसरा रास्ता अपनाना चाहिए था। नामजद एफ.आई.आर. होने से व्यापारी की जान को खतरा सचमुच बहुत ज्यादा बढ़ गया था, जिसके लिए मैं कहीं-न-कहीं खुद को भी जिम्मेदार मान रहा था। मैं यह भी जानता था कि एक पूरे परिवार की दिन-रात फुलप्रूफ सुरक्षा के लिए एक गनर को पर्याप्त नहीं माना जा सकता।

इस डॉन से निपटना मेरे लिए बहुत बड़ी चुनौती थी। मैं सोच रहा था कि यदि यह माफिया इस असहाय व्यापारी को कोई भी क्षति पहुँचाने में सफल हो जाता है तो यह पूरी पुलिस व्यवस्था पर एक काला धब्बा होगा। जिस व्यक्ति द्वारा समय रहते पुलिस से सहायता की अपेक्षा की गई, मुझमें विश्वास जताया गया, अब उसका पूरा परिवार मौत के मुँह पर खड़ा था। मेरे मन में बार-बार एक ही विचार कौंध रहा था कि यदि हम उस व्यापारी को बचाने में सफल नहीं हो पाते हैं तो न सिर्फ पुलिस की छवि खराब होगी बल्कि माफिया डॉन का आतंक पूरे क्षेत्र में बढ़ जाएगा और फिर कोई व्यक्ति दोबारा उसके विरुद्ध आवाज उठाने की हिम्मत नहीं कर पाएगा।

व्यापारी को देखकर मैं समझ सकता था कि पुलिस के पास वक्त बहुत कम था। पुलिस को एकजुट होकर योजनाबद्ध तरीके से बहुत तेजी से कार्यवाही करनी होगी। व्यापारी तो एक प्रकार से मौत के साये में जी ही रहा था, उसकी इस दशा के लिए कहीं-न-कहीं पुलिस भी जिम्मेदार थी। एक फोन कॉल ने उसकी जिन्दगी ही बदल डाली थी। उस फोन के बाद उसकी रातों की नींद हराम हो चुकी थी और उसने अपने को कमरे में कैद कर लिया था। फोन के बाद न वह अपनी दुकान पर जा रहा था, न ही किसी और कार्य से बाहर जा रहा था। उसके बच्चों और परिवार के सदस्यों ने घर से बाहर जाना पूरी तरह बन्द कर दिया था। उनको दरवाजे की घंटी की हर आहट पर यही डर लगा रहता था कि कहीं माफिया डॉन या उसके गुर्गे तो उनके परिवार को मारने के लिए नहीं आ धमके!

मेरे लिए महत्वपूर्ण यह था कि क्या हम उस आदमी और उसके परिवार को माफिया से बचा पाएँगे? मुझे खुद भी पूरा विश्वास नहीं हो पा रहा था क्योंकि पहले भी हमारी एसओजी टीम ने उसकी फोनकॉल का पीछा करते हुए दो बार इन अपराधियों को पकड़ने की कोशिश की थी परन्तु दोनों बार नाकामी हाथ लगी थी। यह माफिया अपने ऑपरेशन में बहुत माहिर था और पुलिस की गतिविधियों को बड़ी बारीकी से समझता था। इसलिए हर बार चार या पाँच मिनट बाद वह अपना पीसीओ बदल

लेता था। वह अच्छी तरह से जानता था कि पुलिस को कॉल करने वाले पीसीओ को ढूँढने और वहाँ तक पहुँचने में दस मिनट से अधिक का समय तो लगेगा ही। हमारी एस.ओ.जी. के जवान अपनी तरफ से सर्वोत्तम प्रयास करने के बाद भी हिन्दी फिल्मों की तरह हमेशा बदमाशों के चले जाने के बाद ही पीसीओ पर पहुँचते थे।

हमारे रास्ते बहुत सीमित थे। व्यापारी के सामने पैसा देकर छुटकारा पाने का विकल्प भी खत्म हो चुका था। वैसे भी मामला इतना आगे बढ़ चुका था कि इस तरह से पैसे देकर व्यापारी परिवार को छुटकारा दिलाया जाना पुलिस के लिए धिक्कारजनक ही होता। हमारी पुलिस टीम अपनी सफलता के प्रति आश्वस्त थी और उसके हौसले बुलन्द थे। इसलिए मैंने निर्णय निर्णय लिया कि मैं पुलिस की छवि बनाए रखने के लिए किसी भी हद तक जायेंगे। मैंने इस चुनौती को स्वीकार कर किसी भी कीमत पर इस व्यक्ति और उसके परिवार को बचाने तथा अपराधियों को पकड़ने का संकल्प अपने मन में लिया और पुलिस टीम को भी प्रेरित किया।

उस आदमी को दी गई सुरक्षा बढ़ा दी गई, जिससे चौबीस घण्टे उसमें सुरक्षा की भावना बनी रहे और उसमें आत्मविश्वास जागे। मैंने उसे और उसके गनमैन को बहुत सारे सुरक्षा के उपायों से अवगत कराया कि किस स्थिति में उन्हें क्या करना चाहिए और क्या-क्या उन्हें नहीं करना चाहिए। एसओजी के लोगों ने उसे विशेष प्रशिक्षण दिया कि टेलीफोन पर कैसे बात को लम्बा खींचा जा सकता है ताकि पुलिस को ऑपरेशन करने का समय मिल सके।

एसओजी वालों ने मुझे यह भी बताया कि माफिया डॉन एक दूसरे परिवार को भी फिरौती के लिए धमकी दे रहा है। उनके घर में जवान बेटी भी थी। इस परिवार के मन में भी भय पैदा करने में डॉन व उसके गुर्गों ने सफलता प्राप्त कर ली थी।

मैंने अपनी रणनीति तैयार की। मैंने इस परिवार को अपने पास बुलवाया और उसे भी विश्वास में लिया। एसओजी टीम द्वारा डॉन की

धमकी से पीड़ित दोनों परिवारों को फोन पर बात लम्बी खींचने के लिए आवश्यक प्रशिक्षण दिया गया। दूसरी ओर पीसीओ तक जल्दी से जल्दी पहुँचने में दक्षता हासिल की और पाँच टीमें अलग-अलग शहरों में, जिन इलाकों से बदमाश कॉल करते रहते थे, उन पीसीओ के नजदीक स्थापित की गईं और इस तरह बार-बार पूर्वाभ्यास कराकर पुलिस टीमों के पीसीओ तक पहुँचने के समय में कमी लायी गई।

लगभग एक सप्ताह तक दोनों परिवारों को डर के साये में जीना पड़ा। इस बीच जो कॉल आई बहुत छोटी थी, परन्तु वह भी उतनी ही घिनौनी और गंदी भाषा से भरी हुई थी। इन कॉल से यह पता लग पाया कि ये कॉल गाजियाबाद या उसके आस-पास के क्षेत्रों से की जा रही थी। इसलिये हमने गाजियाबाद पुलिस से भी सम्पर्क बढ़ाया।

अन्ततः एक दिन माफिया डॉन ने वृद्ध दम्पत्ति को फोन किया जिसे महिला ने उठाया। डॉन ने शुरुआत उसी तरह से पैसे की माँग से की। थोड़ी देर बाद फोन माफिया डॉन के साथी ने ले लिया। वह कुछ रंगीन मिजाज आदमी लगता था। उसने इस वृद्ध महिला से फोन पर यह घिनौनी माँग कर डाली कि यदि वह पैसे नहीं दे सकते हैं तो कम से कम एक रात के लिए अपनी बेटी को ही भेज दें। ऐसी कामुक और गन्दी माँग सुनकर वृद्ध महिला एक बम की तरह फट पड़ी। उसका खोया साहस जाग उठा था। अपनी बेटी की इज्जत की रक्षा के लिए वह घायल शेरनी की तरह दहाड़ उठी और उसने डॉन के साथी की आवाज से भी भारी आवाज में उसको फटकार लगायी और कहा कि क्या उसके घर की बहू-बेटियाँ नहीं बची थीं, जो वह उसकी बेटी पर बुरी नजर रखता है।

लगता है कि वह दिन पुलिस के लिए अच्छा दिन था। समझदार-से-समझदार अपराधी की भी कुछ न कुछ कमजोरी तो होती ही है, फिर डॉन के साथी के मन में जब लड़की की लालसा जगी, तो वह अपने धंधे के मूल नियमों को ही भूल गया। उसे समय का आभास ही नहीं रहा कि वह कितने लम्बे समय तक फोन पर बातें करता रहा।

इस बीच यह फोन कॉल एसओजी टीम द्वारा ट्रेस कर ली गई थी, जो गाजियाबाद के किसी पीसीओ से की जा रही थी। गाजियाबाद पुलिस से हमारी एसओजी टीम पूर्व से ही सम्पर्क में थी। तीन-चार बार असफल हो चुकी दोनों जनपदों की पुलिस टीमें इस बार बदमाशों की वृद्ध महिला से लम्बी बात के चलते पीसीओ पर पहुँच गईं। पुलिस को आते देख डॉन और उसका साथी सकपकाए, तब उन्हें समय और अपनी गलती का आभास हुआ। एक पल को वे पूरी तरह किंकर्तव्यविमूढ़ से हो गए क्योंकि उन्होंने सपनों में भी नहीं सोचा था कि पुलिस उन्हें इस तरह से घेर लेगी। पहली बार ही उन्होंने बात को पाँच मिनट से ज्यादा खींचा था और पहली गलती में ही वे पकड़े गए। जल्दी ही सन्नाटे से बाहर आकर वे सम्भले और दोनों ने भागते हुए पुलिस पर अन्धाधुन्ध फायरिंग शुरू कर दी, किन्तु पुलिस टीम भी एलर्ट थी, पुलिस की टीम द्वारा भी आत्मरक्षार्थ फायरिंग की गई। पुलिस टीम द्वारा अपनी जान पर खेल कर की गई जवाबी फायरिंग में अन्ततः दोनों बदमाश वहीं पर ढेर हो गए। पुलिस टीम इंचार्ज ने बड़े योजनाबद्ध तरीके से काम किया था व सूझ-बूझ का परिचय दिया था। दिन-दहाड़े गोलियों की आवाज सुनकर आसपास के लोगों की भीड़ जमा हो गई व सभी ने पुलिस द्वारा दिखाये गये अद्म्य साहस की खुलकर सराहना की।

इस प्रकार आतंक के एक युग का अन्त हुआ और दो परिवार, जिनकी रातों की नींद और दिन का चैन हराम हो चुका था, उनकी खुशियाँ वापस लौट आईं। उस दिन और भी न जाने कितने परिवारों ने राहत की साँस ली होगी। आखिरकार सत्य की जीत हुई और बुराई का अन्त हुआ। मैंने भी चैन की साँस ली क्योंकि जिस चुनौती को हमने स्वीकार किया था,

उसे पुलिस ने पूरा कर दिखाया था और पुलिस की छवि एक बार फिर धूमिल होने के बजाय बहुत ज्यादा निखर कर सामने आयी थी। इस प्रकरण को लोगों एवं मीडिया द्वारा खुलकर सराहा गया था एवं पुलिस टीम को सम्मानित भी किया गया था।

जीवन में कुछ क्षण ऐसे आते हैं जब खाकी वर्दीधारी होने पर आदमी खुद को इतना ज्यादा गौरवान्वित महसूस करता है क्योंकि हजारों परिवार जो मौत के साये में जीवन जी रहे होते हैं, वे सामान्य जीवन जी पाते हैं।

* * *

आजकल सभी दौड़े जा रहे हैं, जीवन की अन्धी दौड़ में
दौड़ इसलिए नहीं कि आगे कुछ पाने को है
दौड़ इसलिए कि कहीं वो पीछे न रह जाएँ।

अगर उनसे पूछो–ये दौड़ किसलिए ?
तो जबाब मिलता है...
आगे बढ़े चलो बस
उद्देश्य और अर्थ खोजते रह गए
तो पीछे रह जाओगे।

आज के युग का मुहावरा है–
'सोचो मत–आगे बढ़ो।'
इसीलिए इसका नाम है...
अन्धी दौड़।

('मेरी डायरी' से/अगस्त, 1987)

10

अन्धी दौड़

मथुरा देश के महत्वपूर्ण धार्मिक स्थलों में से एक है। यमुना किनारे बसा यह शहर भगवान श्रीकृष्ण की जन्म और क्रीड़ास्थली के रूप में जाना जाता है। पूरे बृज क्षेत्र में जगह-जगह पर कृष्ण की बाललीला और रासलीला की कथाएँ रची-बसी हैं, चाहे वह गोकुल हो या फिर वृन्दावन, बरसाना या गोवर्धन पर्वत। ऐसा लगता है कि यहाँ के कण-कण में भगवान कृष्ण वास करते हैं। मथुरा आने पर अहसास होता है कि यहाँ का हर निवासी कान्हा के रंग में रँगा हुआ है। आज भी पूरे बृज मण्डल की होली विशेषकर बरसाने की लठमार होली विश्व प्रसिद्ध है। इसका अपना अलग ही चुहल भरा एवं अनोखा अन्दाज है, जिसका आनन्द लेने दुनिया भर के लोग होली के अवसर पर यहाँ इकट्ठे होते हैं और खुद को भी बरसाने की होली के अनूठे रँगों में सराबोर करते हैं। बृज मण्डल में आपसी अभिवादन में भी अधिकांश लोग 'राधे-कृष्ण', 'राधे-राधे', 'जय श्री कृष्ण' आदि कहते हैं।

वर्ष 2000 में मुझे भी श्रीकृष्ण की नगरी में वरिष्ठ पुलिस अधीक्षक के पद पर कार्य करने का अवसर प्राप्त हुआ। मथुरा से करीब पच्चीस किलोमीटर की दूरी पर गोवर्धन पर्वत स्थित है। यह अरावली पर्वत-शृंखलाओं का एक हिस्सा प्रतीत होता है। पौराणिक कथाओं के अनुसार मथुरावासियों को इन्द्र के प्रकोप से बचाने के लिए श्री कृष्णा ने इस पर्वत को अपनी तर्जनी पर उठा लिया था। इस क्षेत्र के सभी नागरिक और जानवर मूसलाधार वर्षा में गोवर्धन पर्वत के नीचे खड़े रहे व इन्द्रदेव उनका कुछ भी नहीं बिगाड़ पाए थे। यह भी कहा जाता है कि भगवान कृष्ण ने प्रसन्न होकर गोवर्धन पर्वत को यह आशीर्वाद दिया कि उसकी परिक्रमा करने

मात्र से सभी मनोकामनाएँ पूरी हो जाएँगी। मान्यता है कि तभी से प्रति वर्ष मुढ़िया पूर्णिमा के अवसर पर गोवर्धन में एक बहुत बड़ा मेला लगता है। इस मेले में हर वर्ष लगभग बीस लाख तीर्थ-यात्री आते हैं और नंगे पैर से गोवर्धन पर्वत की लगभग बाईस किलोमीटर लम्बी परिक्रमा करते हैं।

पुलिस विभाग द्वारा इस मेले के प्रबन्धन हेतु व्यापक तैयारियाँ की जाती हैं। दूर-दूर से लोग इस मेले में शामिल होने के लिए आते हैं, जिसमें अधिकांश लोग राजस्थान, हरियाणा, दिल्ली और पश्चिमी उत्तर प्रदेश से होते हैं। गुजरात व मुम्बई जैसे शहरों व विदेशी तीर्थयात्रियों को भी यहाँ पैदल परिक्रमा करते देखा जा सकता है। मुढ़िया पूर्णिमा के दिन सर्वाधिक भीड़ का समय तो शाम को होता है, क्योंकि शाम को गर्मी कम हो जाती है। चाँदनी की शीतलता में बाईस कि.मी. की परिक्रमा चार-पाँच घण्टे में आराम से पूरी हो जाती है।

बात वर्ष-2000 के अगस्त माह की है। मुढ़िया पूर्णिमा के अवसर पर एक दिन पहले ही दोपहर बाद से लोगों के गोवर्धन पहुँचने का सिलसिला शुरू हो गया था। यहाँ तक पहुँचने के लिए दिल्ली-आगरा राजमार्ग वाहनों की आवाजाही से भरा पड़ा था। खचाखच भरी बसें, ट्रैक्टर, ट्रॉलियाँ, टैम्पो, घोड़ागाड़ी एवं छोटी-बड़ी गाडियों से लोग परिक्रमा के लिए एकत्र होने लगे थे। बसें अन्दर तो खचाखच भरी ही थीं, उनकी छतों पर भी ढेर सारे लोग बैठे हुए थे।

इस महत्वपूर्ण अवसर पर पुलिस व्यवस्थाओं पर नजर रखने के लिए मैं एक शाम पहले ही गोवर्धन पहुँच गया था। चौदस की रात्रि बारह बजे से ही परिक्रमा शुरू हो गई थी। धीरे-धीरे प्रातः होने पर चारों तरफ आदमी, औरतें और बच्चे श्रीकृष्ण की जै-जैकार और परिक्रमा करते हुए नजर आ रहे थे। दोपहर बारह बजे तक भीड़ कुछ कम होने पर मैंने थोड़ी देर को मथुरा मेला कन्ट्रोल रूम की ओर जाने का मन बनाया।

दिल्ली-आगरा राजमार्ग पर मैं पहुँचा ही था कि सामने जो नजारा मुझे दिखाई दिया, उसे देखकर झटके से मैं गाड़ी रुकवाने के लिए विवश हो गया। सामने जो कुछ दिखाई दे रहा था वह इतना लोमहर्षक था कि एकाएक उसका वर्णन करने के लिए सही-सटीक शब्दों को खोज पाना सम्भव नहीं हो पा रहा। सामने सड़क के बीच के डिवाइडर को तोड़कर एक

बस विपरीत दिशा की ओर पलटी हुई थी। उस भीषण दुर्घटना को देखकर यह अन्दाज सहज ही लगाया जा सकता था कि दुर्घटना अभी-अभी घटी थी। कुछ लोग घायल अवस्था में ही किसी तरह चीखते-चिल्लाते अपने को बस से निकालने का प्रयास कर रहे थे और इस रूप में मानो अपनी जिन्दगी बचाने के लिए जद्दो-जहद कर रहे थे। लोगों के दर्द से कराहने व चीखने-चिल्लाने की आवाजें लगातार आ रही थीं...एक प्रकार का कोहराम ही बरपा था। दुर्घटना की भीषणता को देखकर यह स्पष्ट अहसास हो जाता था कि हादसे में बहुत से लोग मौत के आगोश में समा चुके होंगे।

मेले का दिन होने की वजह से सड़क पर आने-जाने वाली गाड़ियों का ताँता लगा था और दूर-दूर तक गाड़ियों की अन्तहीन लाइन दिखाई दे रही थी। ऐसा लगता था कि मानो लोगों और गाड़ियों का सैलाब ही सड़कों पर उतर आया हो। हैरान करने वाली बात यह थी कि इसके बावजूद भी विपदा के मारे इन लोगों की सहायता करने के लिए मेरी गाड़ी के अलावा एक भी गाड़ी नहीं रुकी थी। राजमार्ग पर ट्रैफिक आराम से चल रहा था, जैसे कहीं कुछ हुआ ही न हो। ऐसा लगता था कि लोग पलटी हुई बस को एक नजर देखते थे, चीख-पुकार की आवाजें सुनते थे, परन्तु इस सबकी परवाह किए बगैर अपनी धुन में चले जा रहे थे। इतनी बड़ी दुर्घटना होने के बाद भी एक भी वाहन का न रुकना अत्यन्त ही त्रासद व आश्चर्यजनक था। लगता था, मानो लाखों की इस भीड़ में या तो मानव जीवन की कोई कीमत ही नहीं है या फिर लोगों के पास दूसरों के प्रति अपनी संवेदना व्यक्त करने का समय ही नहीं है। हर किसी को इतनी जल्दी थी कि वह अपनी तीर्थयात्रा पूरी करके जल्द-से-जल्द वापस लौटना चाहता था। इस भयंकर विपत्ति में फँसे साथी तीर्थयात्रियों की मदद करने में न तो उनकी कोई रुचि थी और न ही किसी तरह का सरोकार।

मैंने कन्ट्रोल रूम को घटनास्थल पर पुलिस भेजने के लिए संदेश भेजा, साथ ही अस्पताल को भी पूरी तैयारी रखने हेतु निर्देशित किया। मैंने देखा कि हमारी गाड़ी रुकने के बाद धीरे-धीरे कुछ और लोगों ने भी अपनी गाड़ी रुकवाई। देखते-देखते लोगों में इस बात की चर्चा शुरू हो गई कि दुर्घटना

कैसे हुई होगी, किसकी गलती से हुई होगी। मैं तुरन्त गाड़ी से उतरा और अपने ड्राइवर व गनर की मदद से जो लोग बस से निकलने का प्रयास कर रहे थे, उनको निकालने में जुट गया। इसके साथ ही मैंने दूसरे लोगों से भी सहायता करने की अपील की। लोगों को निकालते-निकालते मैंने बस के अन्दर का नजारा देखा तो मैं दहल उठा। गहरी चोटों के कारण अत्यधिक खून बहने से कुछ लोग मर चुके थे। तभी मैंने एक घायल को, जो बुरी तरह पीड़ा से छटपटा रहा था, गनर की सहायता से निकालने का प्रयास किया तो पाया कि उसका एक पैर जाँघ के पास से लगभग पूरा कट चुका था। पाँव एक तरफ को लटक गया था, फिर भी हम उसको बस से बाहर निकालने में सफल रहे। इतनी देर में कुछ पुलिसकर्मी मौके पर आ चुके थे। हम लोगों ने बस से निकाले गए, गम्भीर रूप से घायल लोगों को पुलिस की गाड़ी से अस्पताल भेजना प्रारम्भ कर दिया।

तब तक मैं समझ चुका था कि दुर्घटनास्थल पर उलटी पड़ी बस से लोगों को निकालने के लिए जल्द-से-जल्द और अधिक लोगों की आवश्यकता थी। मुझे इस बात पर आश्चर्य हो रहा था और दुःख भी कि वहाँ पर खड़े लोग यह समझ रहे थे कि यह तो पुलिस वालों का ही काम है। हैरानी की बात यह भी थी कि जिस धार्मिक उन्माद के साथ श्रद्धालु लोग इतनी कठिन पदयात्रा करने आए थे, वही लोग मौत के मुँह में फँसे अपने साथी इंसानों के बचाव के लिए आगे आने से कतरा रहे थे। मानव सेवा से बड़ा परोपकार और पुण्य कर्म क्या होगा! परन्तु आज के युग की अन्धी दौड़ में आदमी यही नहीं समझ पा रहा था।

मैंने महसूस किया कि सहायता के लिए जितने लोगों की जरूरत है, उतनी संख्या में पुलिसकर्मियों के पहुँचने में बहुत समय लगेगा और तब तक बहुत लोग अपनी जान गँवा चुके होंगे। मुझसे रहा नहीं गया और मैं भीड़ के बीच में जाकर चिल्लाया, "आप लोग खड़े-खड़े क्या देख रहे हैं, किस चीज का इन्तजार कर रहे हैं? क्या लोगों के मरने का? अगर यह हादसा आपके साथ हो गया होता और तब भी लोग ऐसे ही चुपचाप खड़े रहते और आपको मरने के लिए छोड़ देते तो आपको कैसा लगता?"

मेरे इन जोशीले शब्दों और आवाह्न भरी ललकार का भीड़ पर असर पड़ा और सभी लोगों में एकाएक नया जोश दिखाई देने लगा। पुलिसकर्मी और यात्री दोनों ही अपना पूरा जोर लगाकर बस को सीधा करने में लग गए। किसी ने कोने में रस्सा बाँधा, किसी ने कोना उठाया, किसी ने दबे हुए औरतों, बच्चों को खींचा...इस तरह सभी लोग जी-जान से जुट गए थे। शायद उनकी समझ में आ चुका था कि इस प्रकार की विपत्ति में फँसे लोगों को बचाना ईश्वर की परिक्रमा से कहीं बड़ा काम है और इस काम से उन्हें अधिक पुण्य मिलेगा। मानव सेवा ही सबसे बड़ा धर्म है, यह अहसास उन्हें हो चुका था।

हादसे में यद्यपि दस से अधिक लोग मारे गए थे परन्तु हम लोग कुल मिलाकर बीस से अधिक पुरुषों, औरतों एवं बच्चों की जिन्दगी बचा चुके थे। तत्काल उन्हें अस्पताल भेजा गया, अस्पताल में डॉक्टर पहले से सूचना मिलने के कारण धायलों का इन्तज़ार कर रहे थे। अच्छी बात यह रही कि जिन लोगों को अस्पताल भेजा गया था, उनमें से अधिकांश की जिन्दगी बच गई थी।

ऐसा नहीं है कि लोगों में इंसानियत खत्म हो गयी हो। हर आदमी के दिल में निःस्वार्थ मानव सेवा का भाव मौजूद रहता है। परन्तु आज के जमाने की व्यस्त जिन्दगी में यह सेवाभाव दबकर रह जाता है। बस, कभी-कभी इस भाव को जागृत करने की जरूरत पड़ती है। मानव सेवा की ज्योति की लौ एक बार जलाने की आवश्यकता पड़ती है, उसके बाद तो वह स्वयं ही जलती रहती है। इसीलिए कभी-कभी लगता है, आज के दौर में आदमी की ज़िन्दगी इतनी अधिक भाग-दौड़ मय हो गई है कि हम खुद ही नहीं जानते कि हम कहाँ दौड़े जा रहे हैं...किसलिए दौड़े जा रहे हैं...क्यों दौड़े जा रहे है।

* * *

मैं अपने प्रेम के फूल तुम्हारे चरणों में अर्पित करना चाहती हूँ
मैं अपना कोमल हृदय भी तुम्हें दान में देना चाहती हूँ
मैं अपनी पाँचों इन्द्रियाँ भी तुमको सौंपना चाहती हूँ
मैं पूरी जिन्दगी तुम्हारे नाम बन्धक बना कर रखना चाहती हूँ!

प्रिये! मैं तो अपनी पूरी जिन्दगी को
तुम्हारे लिए बलिदान करके...
अपनी चिता में खुद ही आग लगा लूँगी!

परन्तु–मेरी एक शर्त है
कि तुम औरत को औरत का सम्मान दो
कि औरत को बाज़ार में बिकने वाला खिलौना न समझो,
कि तुम दहेज के लालची न बनो
और खुद को दहेज के बाजार में
एक बाजारू चीज की तरह मत बिकने दो।

(श्रीमती बी.बी. राव की तेलुगू कविता से अनूदित)

11

दहेज और कानून

भारतीय संस्कृति में स्त्री को हमेशा से सम्मान की दृष्टि से देखा जाता है, इसीलिए उसे अर्द्धांगिनी कहा गया है और समान अधिकार दिए गए हैं। किसी भी तरह के शुभ संस्कारों और आयोजनों में पुरुष के साथ स्त्री का होना अनिवार्य होता है, बिना स्त्री के उसे पूरा नहीं माना जाता। ''यत्र नार्यस्तु पूज्यंते, रमन्ते तत्र देवता''...अर्थात् जहाँ नारी की पूजा होती है, वहाँ देवता वास करते हैं, यह कथन प्राचीन भारत में नारी की स्थिति को स्पष्ट करता है और दर्शाता है कि उस समय के समाज में स्त्री का कितना सम्मान था।

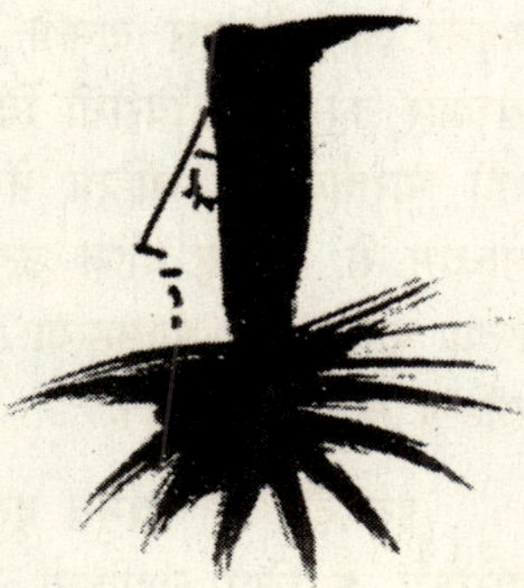

प्राचीनकालीन भारत की नारी का यह उच्च स्थान मध्यकाल तक आते-आते कायम नहीं रह सका। इसके पीछे बहुत सारे ऐतिहासिक कारण रहे होंगे। तुलसीदास तक आते-आते नारी प्रताड़ना की अधिकारिणी बन गई जो निःसंदेह नारी की स्थिति में आई गिरावट को दर्शाता है। मध्य काल के दौरान औरत पर्दे के पीछे तो चली ही गई, परिवार में उसकी स्थिति भी गिरती चली गई और उसका मान-सम्मान भी कम हुआ। इस दौर में महत्वपूर्ण फैसलों में औरतों की भूमिका भी कमतर होती चली गई।

बीसवीं सदी के पूर्वार्द्ध तक भारतीय समाज में नारी विरोधी बहुत-सी कुप्रथाएँ प्रचलित थीं, जैसे-सती प्रथा, बाल विवाह और विधवाओं की दुर्दशा आदि। बीसवीं सदी की शुरुआत में पुनर्जागरण का दौर आया, जिसमें समाज में नारी की दशा को सुधारने के लिए बहुत सारे आन्दोलन चलाये गए और उनके लिए कानून बनाये गए। इन प्रयासों से कई मायनों में नारी

की दशा में सुधार हुआ, लेकिन इस सदी के दूसरे भाग में दहेज प्रथा के रूप में एक नई कुप्रथा ने भारतीय समाज को ग्रस डाला।

अस्सी के दशक तक आते-आते दहेज के दानव ने भारतीय समाज को इस कदर अपने चंगुल में जकड़ लिया कि वह प्रताड़ना तक ही सीमित न रह कर औरतों की हत्या या उन्हें आत्महत्या के लिए मजबूर करने वाली अमानवीय परंपरा तक पहुँच गया। स्त्री व स्त्री के पूरे परिवार का दहेज के नाम पर शोषण होना आरम्भ हो गया। अन्ततः दिनों-दिन बढ़ती जा रही इस दानवी समस्या से निपटने के लिए वर्ष 1988 में सरकार को दहेज विरोधी विशेष कानून बनाने पड़े। 1861 से चली आ रही भारतीय दंड संहिता में भी दो विशेष संशोधन किए गए, जिनके माध्यम से 498-ए दहेज उत्पीड़न और 304-बी दहेज के लिए स्त्री की हत्या करना या आत्महत्या के लिए मजबूर करना) धाराओं को भा.दं. संहिता में जोड़ा गया।

इस दौर में सचमुच दूल्हों की बोली लगायी जाने लगी और गरीब परिवारों के लिए लड़कियों की शादी करना बहुत ही कठिन हो गया। बहुत-सी नवविवाहिताएँ दहेज के दानव की बलि चढ़ गईं। प्रतिदिन अखबारों में दहेज के लिए ससुराल वालों द्वारा जला कर अथवा जहर देकर नवविवाहिताओं को मारने की घटनाएँ सुर्खियों में आतीं। बहुत-सी अविवाहित लड़कियों ने माँ-बाप के लिए बोझ न बनकर आत्महत्या का मार्ग चुनना ज्यादा आसान समझा। वर्ष 1986 में ऐसा ही एक किस्सा कानपुर में सामने आया था जब तीन सगी बहनों ने दहेज की इसी कुप्रथा के चलते माँ-बाप को अपनी शादी की समस्या से उबारने के लिए पंखे पर लटक कर आत्महत्या करने का मार्ग चुना। यह घटना अखबारों के मुख्यपृष्ठ की खबर बनी थी। दहेज की इस कुप्रथा के परिणामस्वरूप ही कन्या भ्रूण-हत्या का अमानवीय, दहला देने वाला चलन चल पड़ा है। अब स्थिति यह है कि लड़कों की अपेक्षा लड़कियों का अनुपात किसी-किसी प्रदेश में अस्सी प्रतिशत तक पहुँच चुका है। उत्तर भारतीय समाज में तो इस समस्या ने विकराल रूप धारण कर लिया है।

पुलिस में रहते हुए मैंने इस दहेज के दानव का घिनौना चेहरा बहुत नजदीक से देखा और साथ ही देखा दहेज के कानून का दुरुपयोग होते हुए भी।

वर्ष 1991-92 में मैं अलीगढ़ में सहायक पुलिस अधीक्षक के पद पर तैनात था। एक दिन मुझे थानाध्यक्ष ने बताया कि पास के ही किसी गाँव की एक महिला ने खुद को आग लगाकर आत्महत्या कर ली है। मैंने तत्काल मौका-मुआयना करने का निर्णय लिया। थानाध्यक्ष ने मुझे रोकने की कोशिश की कि यह तो आत्महत्या का मामला है, इसमें आपको जाने की जरूरत नहीं है, किन्तु थानाध्यक्ष के हाव-भावों में मुझे दाल में कुछ काला नजर आया। पूछने पर ज्ञात हुआ कि महिला के विवाह को साढ़े सात वर्ष हुए थे। नये कानून के तहत शादी के सात साल तक आत्महत्या भी दहेज-हत्या मानी जाती है, यदि दहेज की प्रताड़ना की वजह से आत्महत्या की गई हो। इस केस में यह सात वर्ष की आत्महत्या को दहेज हत्या मानने वाली समयावधि भी पूरी हो चुकी थी। जरूरी नहीं था कि यह आत्महत्या ही हो, यह हत्या भी हो सकती थी, जिसको घटनास्थल पर जाकर ही सत्यापित किया जा सकता था। इसीलिए मैंने घटनास्थल पर जाने का निर्णय लिया।

ज्यों ही हम गाँव में पहुँचे, गाँव के बाहर से ही लोगों की भीड़ दिखाई देने लगी थी। हम एक गली से होते हुए एक घर के सामने पहुँचे। गाड़ी के पीछे-पीछे गाँव के बच्चे, लड़के भी चले आ रहे थे। घर के बाहर घूँघट में ढंकी दस-बारह महिलाएँ खड़ी थीं, साथ ही कुछ बुजुर्ग भी थे। वहाँ पहुँचने पर हमने देखा कि औरत का शव आँगन में रखा हुआ था। शव कपड़े से ढका हुआ था, शरीर पर जगह-जगह छाले पड़ जाने के कारण व उन छालों के फूट जाने के कारण उन में से सफेद द्रव बह रहा था। उसका पूरा शरीर जलने के कारण काला पड़ गया था, जो बड़ा ही वीभत्स और खौफनाक लग रहा था।

पूछताछ करने पर घर वालों ने बताया कि वे लोग ऊपर के कमरे में थे। एक बूढ़ी महिला आँगन में बैठी भोजन की तैयारी कर रही थी। मृतक

महिला कमरे के अन्दर थी, जिसका एक दरवाजा आँगन में खुलता था। इस स्त्री ने दरवाजा बन्द करके खुद अपने को आग लगा ली थी। जब ऊपर बैठी महिलाओं को चीख सुनाई पड़ी तो वे लोग ऊपर से नीचे आए। उन्होंने जैसे-तैसे औरत को कमरे से निकाला लेकिन आँगन तक लाते-लाते वह गिर गई थी और बच नहीं पाई थी।

मैंने देखा कि पन्द्रह गुना बीस फिट के आँगन के दूसरी तरफ ईंटों से बने दो कमरे थे और बगल से ऊपर चढ़ने की सीढ़ियाँ बनी हुई थीं। आँगन में एक तरफ चरी काटने की मशीन रखी थी। घरवालों द्वारा बताए कमरे तक पहुँच कर मैंने दरवाज़े का निरीक्षण किया तो पाया कि दरवाज़ा एकदम सही हालत में था। परिवार वालों से यह पूछने पर कि जब दरवाजा अन्दर से बन्द था तो आपने दरवाजा कैसे खोला? दरवाजे पर तो किसी भी प्रकार के तोड़ने के निशान नहीं हैं, जलती हुई महिला तो दरवाजा खोल नहीं सकती थी? इस पर वे लोग बगलें झाँकने लगे और कोई संतोषजनक जवाब नहीं दे पाए।

जिस वक्त मैं दरवाज़े सम्बन्धी प्रश्न मृतका के सास, ससुर, ननद आदि से कर रहा था तभी एक पाँच-छह साल का बच्चा रोते-रोते बोल पड़ा, "दरवाजा तोड़ा नहीं गया, दरवाजा तो गाँव वालों ने आकर खोला था।"

कहते हैं, बच्चों में भगवान वास करते हैं, वे झूठ नहीं बोल पाते, इसीलिए मैंने बच्चे को अपने पास बुलाया। इस बच्चे से मैंने और गहराई से पूछताछ की। माँ के मरने के कारण वह लगातार रोये जा रहा था। जिस समय यह घटना घटी उस समय वह घर के बाहर खेल रहा था। उसने अपनी माँ की चीख सुनी थी और वह दौड़कर आँगन में आया था। उसकी माँ कमरे के अन्दर बन्द थी और दरवाजा बाहर से बन्द था। बच्चे की सिसकियाँ रुक नहीं रही थीं। मैंने उसे गोद में उठाया तो उसने रोते-रोते बताया, "मेरे पिताजी, दादा-दादी व बुआ में से कोई भी दरवाजा खोलने नहीं आया था। तब मैं दौड़-दौड़ कर बाहर गया था और गाँव वालों को मैंने बताया कि माँ जल गई है। मेरे चिल्लाने पर ही आस-पास

के लोग आए थे। उन लोगों के आने के बाद ही दरवाजा खोला गया था।"

बच्चे के बयान से कहानी की तस्वीर पूरी तरह साफ हो गई थी। स्पष्ट रूप से घरवालों ने औरत को जला कर कमरे को बाहर से बन्द कर दिया था। उन्होंने जलती हुई महिला की चीख-पुकार को भी अनसुना कर दिया था। जब तक गाँव वाले पहुँचे और दरवाजा खोला गया, तब तक बहुत देर हो चुकी थी और बेचारी महिला मर चुकी थी। इस परिवार के सभी लोग हत्या के तो दोषी थे ही, साथ ही हत्या के साक्ष्य को छिपाने के भी दोषी थे। उनके द्वारा हत्या कर उसे आत्महत्या में बदलने का प्रयास किया गया था। मैंने सभी को तत्काल गिरफ्तार करने के आदेश दिए, ताकि लोगों को यह संदेश जाए कि भविष्य में इस प्रकार का जघन्य कृत्य करने का कोई साहस न कर सके। साथ ही थानाध्यक्ष को बदलने की व उसके खिलाफ़ कार्यवाही की सिफारिश भी एस.एस.पी को की क्योंकि या तो काम की अधिकता की वजह से या अपराधों में कमी दर्शाने हेतु या मिली भगत की वजह से उसने इतने बड़े अपराध को आत्महत्या करार दिया था। यदि मैं घटनास्थल पर नहीं जाता तो या तो फाइल बन्द हो गई होती और एक बेचारी महिला को मारने वाले कानून की पकड़ से बच जाते।

* *

अलीगढ़ के ही एक दूसरे गाँव में दहेज हत्या के एक पुराने मुकदमे की तफ्तीश करने का मुझे मौका मिला। पूर्व विवेचक पुलिस उपाधीक्षक का वहाँ से स्थानान्तरण हो चुका था इसलिए यह तफ्तीश मुझे मिली। मैंने विवेचना को ध्यान से पढ़ा तो पाया कि इस महिला ने जहर खाकर आत्महत्या की थी व ससुराल वालों ने बिना उसके

माँ-बाप को बताए उसका आनन-फानन में दाह-संस्कार कर दिया था। दो-तीन दिन बाद जब लड़की के मायके वालों को पता चला, तब उन्होंने दहेज हत्या का केस दर्ज करवाया था। महिला के पति व सास, ससुर तथा घर के दूसरे परिजन तो गिरफ्तार हो चुके थे परन्तु बाकी बारह लोगों की गिरफ्तारी अभी शेष थी।

तफ्तीश के सभी कागज लेकर मैं सम्बन्धित गाँव में पहुँचा। पूछताछ से यह बात स्पष्ट हुई कि इस महिला को सचमुच में दहेज कम लाने की वजह से प्रताड़ित किया जाता था। रोज-रोज की प्रताड़ना से तंग आकर लड़की ने शादी के एक साल के अन्दर ही अनाज में डालने वाली दवा पीकर आत्महत्या कर ली थी। दहेज के नये कानून में शादी के सात साल तक की गई आत्महत्या को भी दहेज हत्या की श्रेणी में माना जाता है, इसीलिए यह दहेज हत्या का मुकदमा दर्ज हुआ था।

ससुराल वालों के मन में पाप था, उन्होंने गलती की थी और वह सजा के भागी भी थे। उन्होंने लड़की के मायके वालों को सूचना दिए बिना ही दाह-संस्कार कर दिया था, इसलिए वह दहेज हत्या की धाराओं में जेल भेजे गए।

विवेचना में जो बारह अन्य लोग वांछित दिखाये गए थे वे उसी गाँव के लोग थे, जो आपसी भाई-चारे में दाह-संस्कार में शामिल हुए थे। पिछले विवेचना अधिकारी ने उनको भी अपराध का साक्ष्य छिपाने में सम्मिलित होना दर्शाते हुए मुल्जिम बना दिया था। पुलिस की गिरफ्तारी की डर से ये सभी बारह लोग गाँव से भागे हुए थे। लोगों ने मुझे बताया कि पूर्व विवेचक ने इनसे कुछ पैसे की माँग भी की थी। माँग पूरी न होने पर विवेचक ने इन लोगों को भी मुल्ज़िम बना दिया था।

मैंने विवेचना में लगभग आधा दिन गाँव में बिताया था। विवेचना के हर पहलू की गहराई से समीक्षा करने के बाद मेरी समझ में आया कि यदि किसी औरत की मृत्यु होती है तो उसके मायके वालों का इन्तजार करना है या नहीं, यह तो उसी परिवार के लोग तय करते हैं। आस-पास के लोग

तो शिष्टाचारवश आपसी भाई-चारे में, मृत आत्मा के सम्मान में दाह-संस्कार में शामिल हो जाते हैं। दाह-संस्कार में शामिल होने मात्र से वह दहेज हत्या के घोर अपराध का साक्ष्य छिपाने के मुल्जिम नहीं बन जाते हैं। मैंने तत्काल निर्णय लिया और गाँव वालों को स्पष्ट किया कि यह बारह लोग हमारे मुल्ज़िम नहीं हैं। पूरे गाँव में खुशी की लहर दौड़ गई। उनको अब छिपने की आवश्यकता नहीं थी और वह गाँव में आकर आराम से अपना जीवन यापन कर सकते थे।

इस घटना में जो पाप के भागी थे उनको तो पाप-कर्म की सजा मिल ही गई थी किन्तु जो निर्दोष थे उनका भी इस कार्यवाही से उत्पीड़न समाप्त हुआ और उन्हें मानसिक शांति प्राप्त हुई। यही न्याय का तकाजा था।

* *

दहेज अधिनियम के दुरुपयोग के ऐसे भी प्रकरण मैंने देखे हैं, जब लड़की के घर वाले ही ससुराल वालों से सौदेबाजी करते हैं। एक बार एक लड़की का शव डेढ़ दिन तक दाह-संस्कार का इसलिए इन्तजार करता रहा क्योंकि उसके मायके वालों ने ससुराल वालों को धमकी दी थी कि या तो हमें शादी में खर्च हुए दो लाख एवं पैनल्टी के चार लाख रुपये दो अन्यथा उन्हें दहेज हत्या में जेल भिजवा दिया जाएगा। यह तय न हो पाने के कारण अन्तिम संस्कार को भी रोक दिया गया था। अन्ततः जब लड़की वालों को यह पूरी धनराशि मिल गई थी, तब जाकर उन्होंने अपनी मृतक लड़की का अन्तिम संस्कार होने दिया था। यह कैसी विडम्बना थी कि लड़की के माँ-बाप ने ही अपनी लड़की के शव की कीमत लगा दी थी! कीमत मिलने

के बाद वे शान्त बैठ गए। यदि सचमुच में उनकी लड़की की प्रताड़ना की गई थी तो उनके द्वारा हर हाल में मुकदमा लिखवाया जाना चाहिए था, ताकि मृत लड़की को न्याय मिल सके न कि उसे प्राकृतिक मृत्यु दिखाते हुए यह सौदेबाजी की जानी चाहिए थी।

यों तो महिलाओं की दुर्दशा, उनके उत्पीड़न एवं सम्मान की रक्षा करने के उद्देश्य से दहेज अधिनियम को लाया गया था। इस अधिनियम के आने के बाद निश्चित रूप से महिलाओं के उत्पीड़न में कमी आई है। उनके सम्मान की रक्षा हुई है एवं उनके मन में सुरक्षा की भावना भी उत्पन्न हुई है तथापि कई मामलों में इसका दुरुपयोग भी हुआ है। इस दुरुपयोग को रोकने के लिए पुलिस की निष्पक्ष एवं पारदर्शी कार्यप्रणाली की आवश्यकता है ताकि दूध का दूध और पानी का पानी हो सके।

पति-पत्नी के झगड़ों के अनेक कारण होते हैं, परन्तु लड़की पक्ष लड़के पक्ष पर दबाव बनाने के लिए दहेज अधिनियम का सहारा लेता है। ऐसे में कई बार बहुत से निर्दोष लोगों को भी जेल जाना पड़ता है। एक ऐसा ही मामला मेरे सामने आया जिसमें लड़का और लड़की दोनों ही इंजीनियरिंग और मैनेजमेंट की पढ़ाई कर चुके थे और शादी से पहले अलग-अलग शहरों में नौकरी करते थे। लड़के वालों ने शादी से पहले ही यह खुलासा कर दिया था कि शादी के बाद लड़की लड़के के शहर में ही रहकर नौकरी करेगी या नौकरी छोड़ देगी। लड़की खुद भी स्वेच्छा से इस बात के लिये तैयार हो गई थह किन्तु शादी के बाद भी लड़की ने नौकरी नहीं छोड़ी बल्कि लड़के को नौकरी छोड़ ससुराल में रहने के लिए व उसी शहर में नौकरी ढूँढने के लिए दबाव बनाने लगी। इसी बात पर लड़ाई-झगड़े होने शुरू हो गए और दोनों अलग-अलग रहने लगे। लड़के वालों को नीचा दिखाने के लिए उनके विरुद्ध दहेज उत्पीड़न का मुकदमा दर्ज कराया गया, जिसमें लड़के के साथ-साथ उसके माँ-बाप व भाई-बहिनों को भी मुल्जिम बनाया गया था। जब हम मामले की गहराई में गए तो पता चला कि विवाद का कारण दहेज नहीं, नौकरी है। यदि सतही विवेचना की जाती तो लड़की वालों के बयान के आधार पर सभी पाँचों को जेल भेज दिया जाता। यद्यपि लड़की से भी

मेरी सहानुभूति थी, उसे नौकरी करने का पूरा अधिकार है, किन्तु उन पाँचों के प्रति भी सहानुभूति थी। जो अपराध उन्होंने किया ही नहीं था, उसके लिए उन्हें जेल भेजा जाना सही नहीं था। अन्ततः दोनों पक्षों को साथ बैठाकर समझाया गया। दोनों पक्ष मान गए और उनका परिवार टूटने से बच गया और निर्दोष लोगों का जेल जाना बच गया।

यदा-कदा ऐसे प्रकरण भी सामने आते ही हैं जब दहेज अधिनियम के अन्तर्गत निर्दोष लोगों को भी जेल जाना पड़ जाता है और इस कुप्रथा का शिकार पत्नी की बजाय पति व उसका परिवार हो जाता है। कोई भी कानून उतना ही अच्छा या प्रभावी होता है जितना कि उसको लागू करने वाली पुलिस। यदि पुलिस संवेदनशील होगी, ईमानदार होगी तो कानून का दुरुपयोग नहीं हो पाएगा।

* * *

उसे जीवन से नफरत हो गई थी
समाज से भी...
और इन आदमियों से भी...
वे आखिर ऐसा कैसे कर सकते थे ?
वे इतने क्रूर कैसे हो सकते थे?
उन्होंने उसके सारे सपने तोड़ डाले थे।

अचानक उसे महसूस हुआ-
तथाकथित स्वर्ग...
और ये प्यारी-प्यारी धरती...
उसके लिए नहीं है!

वो ये सब सहन नहीं कर सकती
इसलिए वो जा रही है...
हमेशा के लिए...
जिससे उसे इन गन्दे चेहरों से
और इन गन्दे लोगों से-समाज से छुटकारा मिल सके।
अलविदा आदमियो,
अलविदा...

(इंटरनेट से ली गई 'कफीलुद्दीन रैहान' की कविता)

12

वहशीपन

उत्तर प्रदेश का रामपुर जिला उधमसिंहनगर जिले के तराई क्षेत्र और मुरादाबाद जिले के बीच स्थित है। रामपुर को नवाबों के शहर के रूप में भी जाना जाता है। आज भी यहाँ की रज़ा लाइब्रेरी, रेलवे स्टेशन, थाने व अन्य भवनों में नवाबी संस्कृति के दर्शन होते हैं। रामपुर के नवाब खुद भी कवि थे, जिन्होंने हिन्दी में सूफी परम्परा को आगे बढ़ाया। वे सभी तरह के कला प्रेमियों को संरक्षण देने के लिए भी जाने जाते हैं।

मैं जनपद रामपुर में वर्ष 1999 में पुलिस अधीक्षक के पद पर तैनात था। सांसद और नगरपालिका अध्यक्ष के रूप में महिला प्रतिनिधियों का होना यहाँ महिलाओं के प्रति सम्मान का परिचायक था। इसके बावजूद एक वहशी आदमी द्वारा एक बालिका पर किए गए अत्याचार से सम्बधित एक घिनौना प्रकरण मेरे सामने आया, जिसने मानवता के प्रति मेरे विश्वास को हिला कर रख दिया।

जनपद की उत्तरी दिशा में तराई की तर्ज पर खेतों के बीच में झाले बने हुए हैं, जिनमें लोग निवास करते हैं। ऐसे ही एक क्षेत्र से एक दोपहर एक छोटी लड़की के साथ बलात्कार की घटना की सूचना मुझे मिली। दिन-दहाड़े एक अबोध बच्ची

के साथ घटी इस वारदात को अत्यन्त गम्भीरता से लेते हुए सूचना मिलते ही मैं स्वयं घटनास्थल के लिए चल पड़ा। थानाध्यक्ष और अन्य अधिकारी मुझसे कुछ देर पहले ही घटनास्थल पर पहुँच चुके थे। वहाँ आस-पास के

लोगों की काफी भीड़ भी एकत्र हो चुकी थी। मौके पर पहुँच कर दिल दहला देने वाला नजारा देखने को मिला। लगभग ग्यारह वर्ष की एक बच्ची अर्धमूर्छित अवस्था में पड़ी हुई थी और उसके शरीर से खून बह रहा था। उसके फटे-पुराने कपड़े खून से लथ-पथ थे और उसके चेहरे पर गहरी पीड़ा के चिह्न साफ झलक रहे थे। वह धीरे-धीरे अपनी पलकें झपका रही थी व उसके गालों तक आये आसूओं ने सूख कर लकीरों का रूप ले लिया था। अत्यधिक रक्तस्राव के कारण लड़की तेजी से पूर्ण बेहोशी की ओर बढ़ रही थी।

इस केस में लड़की को बचाना पहली प्राथमिकता थी, अतः मैंने उसे तत्काल अस्पताल में इलाज के लिए भिजवाया। मैं जानता था कि इतना खून बह चुका था कि उसको रक्तदान की तत्काल आवश्यकता थी। मैंने घटनास्थल से ही सम्बन्धित चिकित्सक से बात की जिसने मेरी आशंका की पुष्टि की। चिकित्सक ने यह भी बताया कि रक्तदान जल्दी से जल्दी कराया जाना आवश्यक है। यदि देर हुई तो लड़की को बचाना कठिन होगा। सौभाग्य से उन दिनों पुलिस लाइन में लड़कियों का एक बैच वायरलैस ऑपरेटर की ट्रेनिंग कर रहा था। मैंने पुलिस लाइन के प्रभारी निरीक्षक को तत्काल आठ-दस लड़कियों को तैयार कर अस्पताल भेजने का आदेश दिया और थानाध्यक्ष को घटनास्थल पर ही रुकने, तफ्तीश करने व साक्ष्य एकत्रित करने हेतु निर्देशित कर मैं स्वयं भी अस्पताल के लिए चल दिया।

अस्पताल में पहुँचते ही पुलिस लाइन के प्रभारी निरीक्षक ने मुझे बताया कि लड़कियाँ खून देने में हिचक रही हैं। मेरी समझ में नहीं आया कि कौन-सी ऐसी मानसिक बाधा थी, जो लड़कियों को खून देने से लिए रोक रही थी। मेरे अस्पताल पहुँचने तक लड़की का खून टेस्ट किया जा चुका था। मैंने आगे बढ़कर चिकित्सक से अपना ब्लड ग्रुप टेस्ट करने को कहा और लड़कियों को भी जोश दिलाया कि पुलिस का काम दूसरों की जिन्दगी बचाने का ही है : "किसी की जिन्दगी बचाने का इतना अच्छा मौका तुम लोगों को और कहाँ मिलेगा। यह एक वैज्ञानिक तथ्य है कि एक

बोतल खून जब आदमी के शरीर से निकाला जाता है तो शरीर उसकी पूर्ति कुछ घण्टों में ही कर लेता है और अगले दो से तीन दिन में वह पूरी गुणवत्ता पर आ जाता है।''

मेरी बातों का लड़कियों पर अपेक्षा से भी अधिक प्रभाव पड़ा। कुछ चीज थी जो उनको मानसिक तौर पर आगे बढ़ने से रोक रही थी। मेरी बातों से प्रेरित होकर उनकी मानसिक बाधाएँ टूट गईं और सभी लड़कियाँ रक्तदान के लिए तैयार हो गईं। लड़कियों द्वारा रक्तदान करने से एक तो उनमें आत्मविश्वास बढ़ा, दूसरे उनको एक लड़की की पीड़ा को देख कर एवं उसकी जान बचाकर कुछ कर पाने की सुखद अनुभूति हुई व अन्याय के प्रति लड़ने का दृढ़ निश्चय भी उनमें जागा।

अब तक लड़की पूरी तरह बेहोश हो गई थी...उसे तेजी से खून चढ़ाया जाने लगा। घटना को घटित हुए डेढ़ से दो घण्टा बीत चुका था और इस बीच उस अबोध बच्ची को लगभग तीन बोतल खून चढ़ाया जा चुका था। खून पूरा चढ़ चुका तो चिकित्सक ने हम लोगों को आश्वस्त किया कि लड़की की जान अब खतरे से बाहर है, हालाँकि होश आने में वक्त लगेगा। चिकित्सक के इस आश्वासन के बाद मैं फिर से घटनास्थल की ओर चल दिया।

जब मैं घटनास्थल पर पहुँचा तो थानाध्यक्ष व उस क्षेत्र में रहने वाले कुछ लोग तलाशी अभियान में लगे हुए थे। लड़की जिस झाले में हमें अर्धमूर्छित हालत में मिली थी, वहाँ उस वक्त एक महिला भी थी जो शायद असली अपराधी की पत्नी थी। उसकी उम्र कोई 25-26 वर्ष की रही होगी। उसके चेहरे पर किसी भी प्रकार के भाव नहीं थे। शुरुआती पूछताछ में उसने घटना से अपनी पूरी अनभिज्ञता व्यक्त की परन्तु उस क्षेत्र के खेतों में एक घंटा तलाशी लेने के बाद गन्ने के खेत में छिपा हुआ उस महिला का पति पुलिस को मिल गया। उसको पकड़ कर जब झाले पर लाया गया और उससे छिपने का कारण पूछा गया तो वह बदल-बदल कर जवाब देने लगा। इससे मेरा शक उस पर बढ़ता गया और मैंने फिर से झाले की पूरी तलाशी लेने के लिए कहा।

यह लगभग पन्द्रह गुणा बीस फुट का एक कमरा था, जिसका फर्श कच्चा था और मिट्‌टी व गोबर से पुता हुआ था। एक कोने में एक मूँज की चारपाई पड़ी हुई थी, दूसरे कोने में एक पानी का मटका रखा हुआ था। वहीं पर एक मिट्‌टी का चूल्हा बना हुआ था जिसके आस-पास कुछ बर्तन रखे हुए थे। कमरे के बीचों-बीच एक लकड़ी की मोटी बल्ली दिखाई दे रही थी जो संभवतः छत को सहारा देने को खड़ी की गयी थी और बल्ली के किनारे से लेकर दीवार तक गेहूँ का ढेर लगा हुआ था। सारी चीजों को उलट-पुलट कर देखा गया तो कहीं कुछ न मिला।

अन्त में अनाज के ढेर की तलाशी शुरू हुई। तलाशी के दौरान अनाज के ढेर के बीच छिपे हुए एक पुरुष के खून से लथपथ कपड़े मिले। ये कपड़े धर के मालिक के ही हो सकते थे और उनका इस तरह से छुपाया जाना निःसंदेह इस अपराध में शमिल होने का पर्याप्त सबूत दे रहे थे। अपने को फँसा हुआ देख कर उन पति-पत्नी के चेहरे पीले पड़ गए मानो काटो तो खून नहीं। उनके लिए अब बचाव का कोई रास्ता शेष नहीं रहा था। थोड़ी देर और उन्होंने पुलिस के सवालों के जवाब में झूठ बोलने का प्रयास किया लेकिन दोनों को अलग-अलग ले जाकर पूछताछ करने पर दोनों का झूठ सामने आ गया। दोनों पति-पत्नी को आमने-सामने किए जाने पर दोनों ने अन्ततः अपना अपराध कबूल कर लिया।

महिला ने बताया कि गाँव की इस लड़की को वह अच्छी तरह जानती है। लड़की रोज जानवरों के लिए चारा इकट्‌ठा करने के लिए खेत में आती थी। अपने पति के कहने पर वह इस लड़की को खाना खिलाने के बहाने बहला-फुसलाकर लायी थी। उस अबोध बच्ची को क्या पता था कि उस घर में एक राक्षस अपनी वासना की भूख मिटाने के लिए उसका इन्तजार कर रहा है। अपनी पत्नी के सामने ही उस दरिन्दे ने अबोध बालिका के साथ बलात्कार किया। बालिका चीखती-चिल्लाती हुई दर्द से छटपटाती रही। इस बलात् घृणित कार्य से अत्यधिक रक्तस्राव हो गया

था, जिसे वह महिला वहीं पर खड़ी-खड़ी देखती रही। उसने न तो अपने पति का विरोध किया, न इस बच्ची की चीखों से उसका दिल पसीजा और न ही उसने बच्ची को बचाने की कोशिश की। आश्चर्य की बात यह थी कि दुनिया की कोई भी औरत अपने पति को किसी और औरत के साथ नहीं देख सकती, जबकि यहाँ तो कहानी ही अजीब थी। इस महिला ने तो स्वयं धोखे से बच्ची को बुलवाकर अपने पति को परोसा था, इस पत्थर दिल महिला का सपाट चेहरा मेरे मन में कौतूहल भी पैदा कर रहा था।

महिला से जानकारी पाकर मैं सन्न रह गया। मन घृणा से भर उठा। उसका पति हैवानियत की सारी सीमाएँ पार कर चुका था। हैरानी की बात यह थी कि औरत जाति पर किए जा रहे इस जुल्म की जड़ में एक औरत ही थी। वह न सिर्फ इस घिनौने अपराध की मूक दर्शक थी बल्कि अपराध में पूरी तरह भागीदार भी थी। मैं कल्पना नहीं कर पा रहा था कि घटना के दौरान उस महिला की मानसिक स्थिति कैसी रही होगी। कहीं ऐसा तो नहीं कि उसके पति ने उसे इस अपराध में भागीदारी के लिए मजबूर किया हो? किन्तु कोई महिला अपने पति के कहने पर क्यों ऐसा करेगी? इससे भी आश्चर्यजनक बात यह थी कि उसके चेहरे पर पश्चाताप की कोई झलक तक नहीं दिखायी दे रही थी और वह महिला इस अपराध के बाद अपने कामुक पति के अपराध को छिपाने तथा उसे बचाने की कोशिश भी कर रही थी, मानो पतिव्रता होने का धर्म निभा रही हो? उसकी इन कोशिशें से यही लगता था कि वह मजबूरन नहीं स्वेच्छा से इस अपराध में शामिल हुई थी।

काफी सोचने-समझने के बाद मैंने निर्णय लिया कि इस महिला को भी बलात्कार के अपराध में सहायता करने के कारण सह-अपराधी माना जाय और उसकी भी गिरफ्तारी के आदेश दे दिए। आम तौर पर पुलिस महिलाओं के साथ नर्मी बरतती है किन्तु यहाँ इस महिला को छोड़ने का प्रश्न ही नहीं उठता था क्योंकि वह सारे प्रकरण के मूल में थी। इस महिला से पूरी पूछताछ के बावजूद भी आज तक मैं उन कारणों

और परिस्थितियों को सही-सही नहीं समझ पाया हूँ, जिसकी वजह से इस महिला ने ऐसे घोर कुकर्म में अपने पति का साथ दिया था। दोनों को गिरफ्तार कर थाने ले जाया गया और हवालात में बन्द कर दिया गया।

पीड़ित लड़की की माँ एक दलित थी, जो राजनीति में भी सक्रिय थी। घटना के दिन वह अपनी बेटी को अकेले छोड़कर किसी गोष्ठी में सम्मिलित होने के लिए गई हुई थी। जब अपनी बेटी के साथ घटित हुए अमानवीय अपराध की खबर उस तक पहुँची, वह घायल शेरनी की तरह थाने की ओर दौड़ पड़ी। थाने पहुँचते-पहुँचते गुस्सा नियंत्रण से बाहर हो चुका था। उसने जैसे ही आरोपित आदमी को देखा वह अपना आपा खो बैठी और उसने आरोपि की जमकर धुनाई करना शुरू कर दिया। एक माँ की आन्तरिक पीड़ा और आक्रोश को समझते हुए थोड़ी देर के लिए मैंने भी उसको ऐसा करने से नहीं रोका। यह महिला उस बलात्कारी को पीटती जा रही थी और साथ ही साथ स्वयं को व उस मनहूस घड़ी को, जबसे वह राजनीति में आयी थी, को भी कोसती जा रही थी। मैं एक माँ के मन में अपनी बेटी पर हुये अन्याय की टीस को महसूस कर रहा था।

धीरे-धीरे इस महिला का गुस्सा शान्त हुआ तो उसे पूरी बात बतायी गई और आश्वस्त किया गया कि अपराधियों को कठोर सजा दी जाएगी

और यह भी बताया गया कि उसकी बच्ची की जान बचा ली गई थी। उसने पुलिस को सच्चे दिल से धन्यवाद दिया।

यह घटना इतनी क्रूर, अमानवीय, रोंगटे खड़े कर देने वाली व दिल दहला देने वाली थी कि आज भी जब मैं इस घटना को याद करता हूँ तो मेरे रोंगटे खड़े हो जाते हैं और मेरी आँखों के सामने उस अबोध बालिका का भयभीत और अर्धमूर्छित चेहरा घूमने लगता है। रह-रह कर मेरे मन में वही अनसुलझे सवाल उठने लगते हैं।

* * *

नारी शक्ति का रूप है...
सभी लोग शक्ति रूप में उसकी पूजा करते हैं!

फिर भी उसे लोगों की गन्दी,
ललचाई नजरों का सामना करना पड़ता है...
और यह भी दिखावा करना पड़ता है
कि उसे फर्क नहीं पड़ता!

वह गहराई में जाना चाहती है...
अच्छे मित्रा बनाना चाहती है...
किन्तु आदमी की लालसा अन्त में सब नष्ट कर देती है।
क्योंकि उसकी घूरती हुई नजरें...
हर किसी पे टिक जाती हैं!

(इंटरनेट से ली गई 'बैटी बेस्ट' की कविता से अनूदित)

13

आधी दुनिया की दुविधा

महिलाओं से छेड़खानी समाज का एक ऐसा कड़ुवा सच है जिसे लगभग हर महिला जानते हुए भी अनचाहे पचड़े से बचने के लिए और अपमानित होने से बचने के लिये नजरअंदाज करती है। कई महिलाएँ व लड़कियाँ लोक-लाज के डर से इसको चुपचाप सहती रहती हैं तो कई को इससे जुड़े कानून की पूरी जानकारी नहीं होती। कई लड़कियों के माँ-बाप खुद ही बेटियों को गुण्डों व मनचलों के मुँह न लगने की सलाह देते हैं। दरअसल, इन कारणों से यह अपराध बहुत ही कम दर्ज हो पाता है।

मैं जब गढ़वाल में पुलिस महानिरीक्षक के पद पर तैनात था तो ऊँचे पद पर आसीन एक सम्भ्रान्त व्यक्ति का फोन आया और उसने बताया कि वह मुझसे कुछ देर के लिए मिलना चाहता है। घटना का प्रसंग मालूम होते ही मैंने उस व्यक्ति को तत्काल मिलने का समय दिया और अपने कार्यालय में बुला लिया। वह अपने साथ अन्य किसी सज्जन को लेकर आया। आते ही उसने सबसे पहले मामले को गोपनीय रखने हेतु मुझसे अनुरोध किया। मेरे आश्वासन के बाद कि पुलिस में जो भी मामला आएगा उसे गोपनीय रखा जाएगा, उसने लगभग फुसफुसाती आवाज में बताया कि जो सज्जन आए हैं, उनकी बेटी को कोई लड़का लगातार परेशान कर रहा है। मैंने उन्हें आश्वासन दिया कि अगर कोई किसी लड़की को गलत ढंग से परेशान कर रहा है तो उसके विरुद्ध कानूनी कार्यवाही की जा सकती है, इसमें घबराने की बात नहीं है। मेरे आश्वासन पर वह सज्जन अपनी बेटी को मिलाने के लिए अगले दिन का समय लेकर चले गए।

अगले दिन लड़की व उसके पिता मेरे कार्यालय में आए। लड़की के चेहरे, पहनावे व बोलचाल से अन्दाज लगाया जा सकता था कि लड़की सम्भ्रान्त घराने की थी। शुरू-शुरू में वह बोलने में संकोच कर रही थी परन्तु मेरे द्वारा प्रोत्साहित करने के बाद धीरे-धीरे वह खुलती चली गई। उसने बताया कि करीब एक साल पहले एक लड़के से उसकी मित्रता हुई थी। वे लोग आपस में लम्बी-लम्बी बातें करते थे, मोबाइल फोन, एस.एम.एस. आदि भी एक्सचेंज करते थे किन्तु उनके बीच कोई शारीरिक सम्बन्ध नहीं थे।

लगभग तीन माह पहले लड़की को पता चला कि यह लड़का अच्छे चाल-चलन का नहीं है। उसके इरादे नेक नहीं हैं, वह कई और लड़कियों से भी मित्रता रखता है और सभी को झूठे आश्वासन देता रहता है तो उसने लड़के से अपनी मित्रता तोड़ ली। उसे साफ शब्दों में बता भी दिया कि अब वह उससे किसी तरह के सम्बन्ध नहीं रखना चाहती है। इसके बावजूद भी वह लड़का लगातार लड़की से बातें करने का प्रयास कर रहा है और उसका पीछा नहीं छोड़ रहा है। रोज-रोज वह अजब-अजब हरकतों से उसे परेशान कर रहा है, जो छेड़खानी की सीमा तक जाती हैं। यहाँ तक कि उसका घर से बाहर निकलना मुश्किल हो चला है।

लड़के से पुरानी मित्रता होने की बात भी लड़की ने बहुत कुरेदने के बाद बताई थी। उसको ऐसा लग रहा था कि यदि उसने लड़के से दोस्ती की बात बता दी तो पुलिस लड़के के विरुद्ध कोई कार्यवाही नहीं करेगी या यह भी सम्भव है कि उसे दोषी ही न ठहराया जाय। मैंने उसे इस संबंध में कानून की स्थिति के बारे में विस्तार से बताया तो वह धीरे-धीरे खुलती चली गई और उसने पूरी बात मुझे बताई। तब भी वह इस बात पर जोर देती रही कि उसके लड़के से किसी तरह के शारीरिक सम्बन्ध नहीं थे।

भारतीय दण्ड संहिता की धारा 354 के अन्तर्गत महिलाओं व लड़कियों से किसी भी तरह की छेड़खानी दण्डनीय अपराध है। लड़की द्वारा शिकायत करने पर अपराधी को सीधे-सीधे जेल भेजा जा सकता है। यदि कोई भी व्यक्ति किसी महिला या लड़की की इच्छा के विरुद्ध उससे बात करने का प्रयास करता है, अश्लील हरकतें करता है या अन्य किसी भी तरह

से परेशान करता है तो इस धारा के अन्दर वह दोषी माना जाता है। लड़की के संबंध पूर्व में चाहे किसी भी तरह के रहे हों, यदि लड़की की इच्छा के विरुद्ध वह किसी भी तरह की हरकत जो छेड़खानी की परिभाषा में आती है, करता है तो उसे गिरफ्तार कर जेल भेजा जा सकता है।

इसी के समानान्तर भा.दं.वि. की धारा 376 में बलात्कार के लिए दण्ड का प्रावधान है जिसके अनुसार लड़की की इच्छा के विरुद्ध जबरन किसी भी तरह का शारीरिक सम्बन्ध बनाना या बनाने का प्रयास करना पूरी तरह से दण्डनीय अपराध है। बेशक, पूर्व में लड़की की इच्छा से कितनी भी बार शारीरिक सम्बन्ध रहे हों, किन्तु एक बार का भी जबरन कृत्य बलात्कार की श्रेणी में आएगा।

कानून सम्बन्धी पूरी बात का विस्तार से बार-बार विवरण देने पर इस लड़की को मेरी बात समझ में आयी और वह आश्वस्त हो गई कि उसने लड़के से मित्रता करके न तो कोई अपराध किया है और न ही कुछ दिनों तक मित्रतापूर्वक बात करके लड़के को यह लाइसेंस मिल गया है कि वह लड़की से अभद्र व्यवहार करे अथवा लड़की व उसके परिवारजनों को परेशान करे। लड़की इतनी घबराई हुई थी कि उसे दिन-रात उसी लड़के के खौफनाक सपने आने लगे थे और उसे यह भी डर लगने लगा था कि वह अब भविष्य में किसी और से मित्रता नहीं कर पाएगी। उसे यह डर सताने लगा था कि लड़का उसको शादी के बाद भी चैन से नहीं सोने देगा क्योंकि उसने इस तरह की धमकियाँ देनी शुरू कर दी थी।

कानून की स्थिति पूरी तरह समझने के बाद लड़की व उसके पिता दोनों में आत्मविश्वास जागा। प्रारम्भ में वे किसी तरह की लिखित शिकायत नहीं करना चाहते थे। वे सिर्फ इस लड़के से छुटकारा चाहते थे किन्तु मेरे

द्वारा प्रोत्साहित किए जाने पर दोनों ने लड़के को कठोर दण्ड देने का मन बना लिया था ताकि इस तरह के लोगों को सबक मिल सके।

अन्ततः इस लड़की और उसके पिता द्वारा कुछ न छिपाते हुए पूरी घटना के विस्तृत ब्यौरे के साथ लिखित शिकायत की गई, जिसके आधार पर उस लड़के के विरुद्ध भा.दं.वि. की धारा 354 का मुकदमा दर्ज किया गया। मामले की तफतीश से पता चला कि वह लड़का सचमुच में अच्छी छवि का नहीं था व उसकी आम शौहरत भी उसी तरह लड़कियों के साथ छेड़कानी करने की थी। सत्यता का पता चलने पर लड़के को गिरफतार का जेल भेज दिया गया। यदि यह लड़की और उसके पिता अन्य लोगों की तरह चुप रहते तो इस लड़के की हिम्मत और बढ़ती और वह ऐसे ही न जाने कितनी और लड़कियों को परेशान करता, उनकी ज़िन्दगी के साथ खिलवाड़ करता और उनकी रातों की नींद हराम करता। दरअसल, लड़कियों के द्वारा चुप रहने के कारण ही इस तरह के मनचले लड़कों की हिम्मत बढ़ती जाती है और अपराध का सिलसिला बढ़ता चला जाता है।

इसी तरह का एक और प्रकरण मेरे सामने आया। इस मामलें में पंजाब नेशनल बैंक के एक वरिष्ठ मैनेजर का मेरे पास फोन आया कि वे मुझसे मिलना चाहते हैं। बुलाए जाने पर उन्होंने भी मामले को गोपनीय बनाए रखने की शर्त पर अपनी बात बताई। उनके बैंक की ग्रामीण शाखा में कार्यरत एक नवयुवती, जिसकी उम्र लगभग बीस-इक्कीस साल होगी, प्रतिदिन अपने शहर में स्थित आवास से ग्रामीण बैंक की शाखा तक आती-जाती थी। पिछले लगभग एक माह से दो लड़के उसका पीछा करते थे और उस पर छींटाकशी करते थे। लड़की एक माह तक तो यह सब सहती रही व अपने मैनेजर से यह बात छिपाती रही। जब स्थिति असहनीय हो गई तो उसने मैनेजर को सारा प्रकरण बताया। उसने बताया कि आज जब ये लड़के उसका पीछा कर रहे थे तो उनमें से एक पुलिस की वर्दी में था। एक महीने से तो वह इस दुविधा में थी कि इनके विरुद्ध पुलिस में शिकायत करे या नहीं, परन्तु आज जब उसने एक लड़के को पुलिस की वर्दी में देखा तो उसकी हिम्मत ही जवाब दे गई थी। अब वह पुलिस में शिकायत

नहीं करना चाहती थी क्योंकि उसे लगा कि अब उसकी बात पर पुलिस ध्यान नहीं देगी। ऐसे में उसने हिम्मत करके अपने मैनेजर को बताया।

मैनेजर मुझसे कोई रास्ता निकालने का अनुरोध कर रहा था कि कुछ ऐसा हो जाय कि लड़की की भी बदनामी न हो और पुलिस विभाग की छवि भी खराब होने से बच जाए। परन्तु इस संबंध में मेरा सोचना एकदम अलग था। मैंने उन्हें बताया कि जब लड़की ने कोई गलती नहीं की है तो उसे बदनामी का किस बात का डर! मैंने उन्हें बताया कि किसी शरीफ लड़की को अगर कोई परेशान करता है तो लड़की को मजबूती से अपनी आवाज उठानी चाहिए और ऐसे मनचलों के विरुद्ध कानूनी कार्यवाही करवानी चाहिए। जहाँ तक पुलिस की छवि का प्रश्न है, ऐसे मामले प्रकाश में आने पर वरिष्ठ अधिकारी द्वारा चुप बैठे रहने से पुलिस की छवि और अधिक खराब होगी और ऐसे लड़कों की हिम्मत और अधिक बढ़ेगी।

बैंक मैनेजर ने इस लड़की को भी मेरे कार्यालय में बुलवा लिया और अच्छी तरह समझाने पर दोनों को मेरी बात समझ में आ गई। लड़की के मन में यह आशंका बची थी कि यदि एक बार लड़के के विरुद्ध कार्यवाही हो जाएगी, तो वह उसे बाद में भी परेशान करेगा क्योंकि वह तो पुलिस में ही रहेगा। मैंने उन्हें समझाया कि ऐसे आचरण वाले लड़के को पुलिस में नहीं रहने दिया जाएगा। उन्होंने पूरी घटना की लिखित शिकायत की। शिकायत के आधार पर पुलिस कान्स्टेबिल व उसके साथी के विरुद्ध भा.द.स. की धारा 354 के अन्तर्गत अभियोग पंजीकृत कर तफतीश करवाई गई। आरोपों में सत्यता पाये जाने पर दोनों लड़कों को जेल भेज दिया गया और पुलिसकर्मी को पुलिस की छवि खराब करने के आरोप में सेवा से बर्खास्त कर दिया गया। ऐसे लोग, जिनका कर्तव्य लोगों को सुरक्षा प्रदान करना है, वही आम लोगों को परेशान करने लगेंगे तो 'रक्षक ही बना भक्षक' वाली बात हो जाएगी। ऐसे लोगों के विरुद्ध किसी भी तरह की माफी का औचित्य नहीं रह जाता। ऐसे ही लोगों की वजह से खाकी दाग़दार होती है। इसलिये उनको सबक सिखाना और ज्यादा जरूरी हो जाता है।

* * *

मेरा फूल सा बेटा दर्द से कराह रहा है...
और पीड़ा से छटपटा रहा है।

जब मैं दर्द से कराहते हुए
अपने फूल से बेटे के बारे में सोचती हूँ...
और उसके अपहरण से जुड़ी
हर खबर के बारे में सोचती हूँ...

तो मेरा कलेजा फट जाता है
और उसमें से खून रिसने लगता है...
और मेरा दिल कराह उठता है!
हाय! मैं कितनी असहाय हूँ, कोई नहीं जानता!

(इंटरनेट से ली गई सीमा की कविता 'माई एब्डक्टेड सन' से अनूदित)

14

'पकड़' का गोरख-धन्धा

उत्तर प्रदेश का मैनपुरी जिला आगरा मण्डल के बीहड़तम इलाकों में से एक माना जाता है। इस जनपद के उत्तर में जहाँ गंगा की कटरी वाले क्षेत्र पड़ते हैं, तो वहीं दक्षिण में यमुना और चम्बल के कछार पड़ते हैं। एटा, इटावा, मैनपुरी बहुत लम्बे समय से अपराधियों की शरण स्थली रहे हैं। इसी क्षेत्र के सीमावर्ती क्षेत्र में मध्यप्रदेश के भिण्ड और मुरैना भी पड़ते हैं जो दुर्दान्त डकैतों के लिए कुख्यात रहे हैं। छोटी-छोटी बातों के लिए हत्या जैसे जघन्य अपराध करना यहाँ मामूली बात है।

इस क्षेत्र में अपहरण भी एक मुख्य अपराध है, जो कुटीर उद्योग की तरह यहाँ फल-फूल रहा है। यहाँ के अलावा उत्तर प्रदेश में अपहरण की घटनाएँ सबसे अधिक मुजफ्फरनगर में होती हैं। स्थानीय भाषा में इसे 'पकड़' कहते हैं। यहाँ बहुत ही छोटी धनराशि के लिए भी पकड़ कर ली जाती है। यह पकड़ कई बार एक गैंग से दूसरे गैंग, कई अपराधियों के हाथों में होकर जाती है। एक गैंग अपने द्वारा अपहृत व्यक्तियों को पैसे लेकर दूसरे गैंग को ट्रांसफर करता रहता है। जितने गैंगों के हाथों यह पकड़ बदलती रहती है, उसकी फिरौती की राशि भी उतनी ही अधिक बढ़ती जाती है।

अपहरण का अपराध हत्या से भी ज्यादा सनसनीखेज होता है क्योंकि हत्या में तो आदमी मर चुका होता है जबकि अपहरण में आदमी जिन्दा होते हुए भी खुद और अपने परिजनों के बीच कई-कई बार मर चुके होने के अहसास से गुजरता है। उसको बचाने की उम्मीद उसके घर, परिवार और गाँव वालों में बनी रहती है। लोगों के दिन का चैन व रात की नींद हराम हो जाती है, वे अपहृत को ढूँढने के लिए दिन-रात अथक प्रयास भी करते

हैं। इसलिए पुलिस के पास काम करने को बहुत कुछ होता है। उसे बहुत जल्द बहुत सारे कदम उठाने पड़ते हैं और साथ ही बहुत समझदारी के साथ क्योंकि पुलिस व परिवार वालों की एक छोटी-सी चूक से अपहृत आदमी या बच्चे की ज़िन्दगी पल भर में ही खत्म हो सकती है।

पुलिस कैरियर में अपहरण के ढेरों मामले मेरे सामने आए। मैंने महसूस किया है कि एक हत्या के पेचीदा केस को सुलझाने में जितनी खुशी होती है, उससे कई गुना अधिक खुशी अपहृत को बरामद करने में होती है। और अपहृत के मिलने के बाद उसके परिजनों की खुशी तो बयान से बाहर की बात है, उसे सिर्फ महसूस किया जा सकता है। अपहृत व्यक्ति जो पकड़ के दौरान मानसिक तौर पर कई बार मर चुका होता है, छूटने के बाद एक नई जिन्दगी की शुरुआत करता है।

मैनपुरी में जब मैं वर्ष 1998 में वरिष्ठ पुलिस अधीक्षक के पद पर तैनात था तो वहाँ के अपराधों की प्रवृत्ति को देखकर एक दिन मैंने पूरे जिले में शाम छह से आठ बजे तक चैकिंग की योजना लागू की थी। लगभग सवा सात बजे मुझे वायरलैस पर सुनाई दिया कि अलाऊ रोड पर शराब के ठेके के पास दो संदिग्ध लोग पकड़े गए हैं, जो बार-बार अपना बयान बदल रहे हैं। मैंने स्वयं जाकर उनसे पूछताछ करने का निर्णय लिया और मैं घटनास्थल के लिए चल पड़ा। मैं रास्ते में ही था कि वायरलैस से सूचना मिली कि एक बस जो अलाऊ से मैनपुरी आ रही थी, उसको कार में सवार पाँच लोगों ने रास्ते में रोका और बन्दूकों की नोक पर बस में से एक जूनियर इंजीनियर व उसके एक साथी को उठाकर अपने साथ ले जाते हुए अलाऊ की तरफ भाग गए हैं।

मुझे आशंका हुई कि कहीं दोनों धटनाओं में परस्पर कोई लिंक तो नहीं है, मैं जल्द-से-जल्द शराब के ठेके के पास पहुँचा और दोनों संदिग्ध लोगों से अलग-अलग पूछताछ की। दोनों ने शुरू में बहुत सारे झूठ बोले। परन्तु जब दोनों के झूठ का एक दूसरे से आमना-सामना कराया गया तो दोनों बहुत जल्दी टूट गए और उन्होंने सच बता डाला कि वे इंजीनियर के अपहरण की योजना का एक हिस्सा थे। गहनता से पूछताछ करने पर यह स्पष्ट हो गया

कि ये लोग उसी अपहरण से जुड़े हुए थे जो अभी अलाऊ वाली बस से किया गया था। अपहरणकर्ता पकड़ को लेकर जिस जगह ठहरने वाले थे, इन दोनों को वहाँ खाना और शराब पहुँचाना था। अफसोस की बात रही कि हम लोग इनको साथ लेकर जब तक उस जगह पर पहुँचे, अपहरणकर्ता इन लोगों का इन्तजार करने के बाद वहाँ से जगह बदल चुके थे।

पकड़ को रखने के स्थान तक पहुँचने के लिए हम लोग गेहूँ के खेतों के बीच के कच्चे रास्ते से गए। आगे जाकर एक नहर पड़ती थी, गेहूँ के खेत व नहर के बीच एक पेड़ों का झुरमुट था, उसके बीचों-बीच सिंचाई विभाग का एक कमरे का पुराना सा, जर्जर, खण्डहरनुमा पम्पहाउस बना हुआ था। लगता था सिंचाई विभाग ने इसे बहुत पहले से ही प्रयोग में लाना बन्द कर दिया था, जो अब इस तरह के अपराधियों की शरणस्थली बन चुका था। हम इस अपहरण की साजिश में शामिल उन दोनों बदमाशों को लेकर यहाँ खड़े थे और आगे की कार्ययोजना पर विचार कर रहे थे। हमारे पास समय भी बहुत कम था। उस जगह से चारों दिशाओं में एक-एक पुलिस पार्टी भेजी गई और लगभग चार-पाँच किलोमीटर के क्षेत्र को छान मारा गया। रात का समय था इसलिए सर्च लाइटों की मदद भी ली गई परन्तु डेढ़ घण्टे तक तलाशी करने के बावजूद भी कुछ हाथ नहीं लगा। थक-हार कर सभी लोग वापस उसी जर्जर मकान पर इकट्ठा हो गए।

बदमाश हमसे कहीं ज्यादा तेज निकले थे, वह हमारी पहुँच से दूर हो चुके थे। अब अगली कार्यवाही के लिए उन तक पहुँचने का एक ही रास्ता बचा था। जल्द से जल्द अपहरणकर्ताओं के घरों व ठिकानों के बारे में पूरी जानकारी करना व रात में ही सर्च पार्टियाँ भिजवाना। पकड़े हुए दोनों लोगों से फिर गहन पूछताछ कर अपहरण से जुड़े सभी लोगों के ठिकानों की रात में ही तलाशी ली गई। इस तलाशी के दौरान अपहरण से जुड़े तीन-चार और बदमाश हमारी गिरफ्त में आ गए। पूरी रात यह ऑपरेशन करते-करते सुबह तक हम लोग उस क्षेत्र में पहुँच ही गए जहाँ इन्होंने अपहृतों को छिपाया हुआ था। अपहृतों के साथ के लिए वहाँ सिर्फ दो ही लोग बच पाए थे, शेष लोगों को रात में ही गिरफ्तार कर लिया गया था।

वे दो लोग अपहृतों को ठीक से सम्भाल भी नहीं पा रहे थे। पुलिस के द्वारा घेराबन्दी की गई व अपहरकर्ताओं को समर्पण हेतु कहा गया साथ ही साथ पुलिस द्वारा उनके पकड़े गये साथियों को भी दूर से दिखाया गया। तब अपहरणकर्ताओं को विश्वास हो गया कि उनकी योजना पूर्णतः विफल हो चुकी है व उनके बाकी सभी साथी पकड़े जा चुके हैं। अब उनके पास दो ही रास्ते थे, या तो मुठभेड़ या आत्मसमर्पण किन्तु भारी पुलिस बल के आगे उन्होंने दूसरा रास्ता अपनाना ज्यादा ठीक समझा और दोनों ने अपने को पुलिस के हवाले कर दिया। इस प्रकार हम लोग अपहृतों को बचाने में सफल रहे। पुलिस को देखकर जूनियर इंजीनियर व उसके साथी की खुशी का ठिकाना न रहा। उनको मानो नई ज़िन्दगी मिली हो। बारह घण्टे में ही उन दोनों की हालत एकदम खस्ता हो चुकी थी। दोनों के पैर रात भर पैदल चलते-चलते सूज कर दोगुना हो चुके थे, पानी की कमी से उनके हौठों पर पपड़िया जम गई थीऔर उनके चेहरे पर मौत का खौफ साफ झलक रहा था। उन्होंने हमें बताया कि वह रात भर दस घण्टे तक खेत, नदी व पानी के बीच बिना रुके भूखे-प्यासे चलते ही रहे थे और सुबह पाँच बजे दिन के उजाले से थोड़ा पहले ही यहाँ पहुँचे थे। बिल्कुल भी नहीं सोचा था कि इतनी जल्दी उन्हें जिन्दगी वापस मिल जाएगी।

इस प्रकार बारह घंटे के अन्दर ही पूरा मामला सुलझ गया था। अपहरणकर्ताओं की जो योजनाएँ थीं, व उनको कार्यान्वित करने हेतु जितने लोगों को काम सौंपे गए थे, वे सभी कड़िया एक-एक करके पुलिस द्वारा काट दी गई थी। यही वजह थी कि उनकी योजना असफल हो गई। जाहिर है कि हम लोग यदि रातों-रात ऑपरेशन नहीं करते तो फिरौती की माँग होने का इन्तजार करते तो एक लम्बी प्रक्रिया से गुजरना पड़ता और अपहृतों की जिन्दगी को भी खतरा कहीं अधिक बढ़ गया होता।

ऐसा ही एक अन्य घटनाक्रम मथुरा में घटित हुआ था, जिसमें एक सात वर्षीय मासूम बच्चे का अपहरण कर लिया गया था। बच्चा अपने आँगन में खेल रहा था तो किसी परिचित ने उसको टॉफी दिलाने के लालच में बुलाया। वह अपनी दादी को यह बताकर कि मैं टॉफी खाने जा रहा हूँ, बाहर मौहल्ले

में चला गया और फिर लौट कर नहीं आया। कुछ देर बाद जब उसे तलाशा गया तो लड़का कहीं भी नहीं मिला। काफी खोजबीन के बाद जब सफलता नहीं मिली तो घर वालों के द्वारा मामला पुलिस को रिपोर्ट किया गया।

सूचना मिलते ही हम लोग तत्काल घटना-स्थल के लिए चल दिये और पूरे जिले में नाकेबन्दी कर दी गई। दो घण्टे के अन्दर ही अपहर्ताओं की ओर से पाँच लाख रुपये फिरौती की माँग आ गई। इस बीच हम घर के टेलीफोन नम्बर पर कॉलर आई.डी. लगा चुके थे इसलिए फोन कहाँ से आया है, यह ट्रेस कर चुके थे। अब केस में आगे बढ़ने के लिए हमें दिशा मिल चुकी थी, जिस कारण हमने ऑपरेशन शुरू कर दिया था।

एक घण्टे बाद वही फोन दोबारा आया और इस बार उसने लड़के के पिता को पुलिस को सूचना दिये जाने को लेकर फटकार लगायी और चुनौती भरे स्वर में यह भी कहा कि पुलिस तुम्हारे बच्चे को नहीं बचा पाएगी। उसने यह भी दावा किया कि पुलिस को सूचना देने से लेकर पुलिस द्वारा उठाये गए एक-एक कदम का उन्हें पता था और अगर ज्यादा होशियारी दिखाई गई तो इससे भी बड़ा हादसा हो सकता था। यदि वह अपने बच्चे की जिन्दगी बचाना चाहते हैं तो पाँच लाख रुपया फिरौती देने के अलावा दूसरा कोई रास्ता नहीं था।

फोन से यह स्पष्ट हो चुका था कि अपहरणकर्ताओं का एक साथी घर के आस-पास ही कहीं था और उसे इस बात का एक-एक शब्द मालूम था जो पुलिस और घरवालों के बीच हो रही थी। इसके बाद मैंने घर के क्लोज ग्रुप को छोड़कर बाकी सबसे अनुरोध कर पूरा घर खाली करवा लिया। अब घर में सिर्फ घरवाले व सात-आठ रिश्तेदार ही बचे थे। खुफिया विभाग को आसपास लगाकर मैंने उन लोगों पर नजर रखने को कहा। थोड़ी देर में मेरे लोगों ने उनमें से एक आदमी पर हल्का शक व्यक्त किया कि वह थोड़ा बेचैन था और बार-बार अन्दर बाहर आते-जाते फोन कर रहा था। पूछने पर पता चला कि वह अपहृत बच्चे की बुआ का लड़का था।

इस व्यक्ति की यह बेचैनी अपने ममेरे भाई के साथ घटित दुखदाई घटना के कारण भी हो सकती थी और दूसरी ओर यह भी हो सकता था

कि वह सचमुच में अपराध में शामिल हो। मैंने लड़के के पिता से अकेले में जब उस आदमी के बारे में बातें की तो उसने साफ मना कर दिया कि भला उसका सगा ममेरा भाई कैसे किसी भी रूप में संदेह के दायरे में आ सकता है। इस बीच मैंने उसका मोबाइल नम्बर लेकर उसकी कॉल डीटेल्स के बारे में जानकारी एकत्र की। लगभग आधे घंटे में ही हमारे पास डाटा आ गया। इस दौरान घर वालों के फोन पर एक कॉल और आ चुकी थी और वह पुरानी फोन-काल से लगभग एक घण्टे के अंतर से की गई थी। इसका मतलब अपहरणकर्ता किसी एक निश्चित दिशा की ओर जा रहे थे और रास्ते में पड़ने वाले पी.सी.ओ. से फोन करते जा रहे थे। इस बार के फोन में उन्होंने अन्तिम चेतावनी दे डाली थी कि लड़के के परिवार ने आधे घण्टे के अन्दर पुलिस का साथ नहीं छोडा तो लड़के का सिर काट दिया जाएगा।

अपहृत के बुआ के लड़के की कॉल-डीटेल में दो फोन उसी रूट के पी.सी.ओ. से इसी अवधि में आए थे, जिस रूट से लड़के के पिता को आए थे। इसने मेरा शक पक्का कर दिया और हमने मोबाइल वाले उस लड़के को अकेले में ले जाकर पूछताछ शुरू कर दी। चूँकि वह कोई पेशेवर अपराधी नहीं था इसलिए बहुत जल्दी टूट गया और उसने अपराध में शामिल होना स्वीकार कर लिया। वह लगभग अठारह-बीस साल का नवयुवक था। उसने दो वर्ष पहले पाँच लाख रुपया उधार लेकर अपना धन्धा शुरू किया था किन्तु दो वर्ष में सारा पैसा गँवा चुका था। उसे लग रहा था कि वह अपने माँ-बाप को मुँह दिखाने लायक नहीं बचा था, इसीलिए उसने अपने मामा के परिवार से, जिनकी आर्थिक हालत अच्छी थी, अपहरण करके यह धनराशि इकट्ठा करने की योजना बनाई थी। इस अपराध में उसके साथी भी वही थे जो उसके साथ काम करते थे।

मुख्य अपराधी के टूटने के बाद उसे हिरासत में लेकर उसी रास्ते आगे बढ़ा गया जहाँ हमारी पार्टी पहले जा चुकी थी। उसके फोन पर जो अगली कॉल आई तो उससे कहलवाया गया कि लड़के के परिवार ने पुलिस को बैरंग वापस लौटा दिया है और कोई पुलिस अब वहाँ पर नहीं है। पुलिस

के वापस लौटने की सूचना पर अपराधियों ने अपहृत बच्चे के परिवार वालों से पाँच लाख की फिरौती का स्थान व समय तय कर लिया। हमारे द्वारा पकड़े गए मुख्य अपराधी के फोन पर भी इस आशय की सूचना उन्होंने दी व अपने रुकने के ठिकाने के बारे में भी बताया।

पैसा ट्रांसफर होने के निर्धारित स्थान पर लड़के के पिता के साथ हम लोग भी इस अपराधी को लेकर पहुँचे। अपहरण की यह घटना लगभग शाम सात बजे की थी और प्रातः पाँच बजे हम लोगों ने इस मास्टरमाइंड को साथ लेकर उस जगह घेराबन्दी कर ली, जहाँ अपहरणकर्ता छिपे हुए थे और साथ में बच्चे को भी छुपा रखा था। तब तक अपहरणकर्ता बच्चे को लेकर चैन की नींद सोए हुए थे क्योंकि उन्हें उनके साथी द्वारा ही बताया गया था कि परिवार वालों द्वारा पुलिस का साथ छोड़ दिया गया है। बड़ी ही सजगता से दबे पाँव उस कमरे में घुसे जहाँ बच्चे को सुलाया हुआ था। चूँकि बदमाश सोये हुए थे इसलिए ज्यादा प्रतिरोध का सामना नहीं करना पड़ा और हमने सभी बदमाशों को पकड़ लिया और बच्चे को छुड़वा लिया।

जैसे ही बच्चे ने अपने बाप को देखा वह उसकी बाँहों में लिपट गया और रोने लगा। थोड़ी ही देर में उसके चेहरे पर मुस्कान भी आ गई। बच्चे और बाप के मिलन का यह क्षण अत्यन्त ही भावुक था। पिता की आँखों से लगातार आँसु बह रहे थे, उसे विश्वास ही नहीं हो रहा था कि उसके जिगर का टुकड़ा उसे सुरक्षित मिल गया है उसकी आँखों में पुलिस टीम के लिये आभार के भाव साफ दिखाई दे रहे थे। पुलिस की समझदारी भरी व तत्परता से की गई कार्यवाही के फलस्वरूप दस घण्टे के अन्दर ही केस वर्कआउट हो गया था तथा एक मासूम की जिन्दगी बचा ली गई थी।

* * *

आज के तथाकथित बुद्धिजीवियों की
आत्मा जैसे मर गई है...
रह गई है सिर्फ राख बाकी।

इन मरी हुई आत्माओं वाली...
आधुनिकता के नाम पर
चलती-फिरती मशीनों को...
करते हुए मानवता की हत्या,
देखता रहता हूँ मैं...
नितान्त अकेला!

('मेरी डायरी' से-जून, 1986)

15

हम नहीं सुधरेंगे

हमारे समाज में भ्रष्टाचार की जड़ें बहुत गहरी हो चुकी हैं। नौकरी के शुरुआती दिनों में ही सहायक पुलिस अधीक्षक इलाहाबाद के रूप में मेरे सामने भ्रष्टाचार से सम्बन्धित दो प्रकरण आए। मैंने नई-नई सेवा शुरू की थी, इसलिए नया-नया जोश भी था। इन दोनों प्रकरणों में ऐसी प्रभावी कार्यवाही की गई कि आज भी लोग उदाहरण के रूप में इन घटनाओं को याद करते हैं।

एक दिन लगभग बीस-पच्चीस ड्राइवर वरिष्ठ पुलिस अधीक्षक, इलाहाबाद के पास शिकायत लेकर पहुँचे। इन ड्राइवरों द्वारा बताया गया कि उनके ट्रक तीन-चार दिन से दिल्ली-कलकत्ता हाईवे पर खड़े हैं व उनको ए.आर.टी.ओ. के स्टाफ ने रोका हुआ है। ए.आर.टी.ओ. का स्टाफ उनसे पाँच-पाँच हजार रुपये की माँग कर रहा है, जबकि उनके पास देने को इतना पैसा नहीं है।

ड्राइवरों ने यह भी बताया, "साहब! हमने ए.आर.टी.ओ. के हाथ जोड़े और कहा कि आप हमारा चालान कर दें। जो भी दण्ड होगा उसे हमारे मालिक भर देंगे...लेकिन हमें जाने तो दीजिए। मगर उन लोगों ने हमारे कागज भी जमा करा लिए हैं और चालान भी नहीं कर रहे हैं। ऐसी हालत में बिना कागजों या चालान के हम आगे भी नहीं जा सकते। हमें यहाँ रुके हुए चार-पाँच दिन हो चुके हैं अब हमारे पास खाने तक के पैसे नहीं बचे हैं।"

उनकी व्यथा सुनकर वरिष्ठ पुलिस अधीक्षक ने इन सभी लोगों को मेरे पास भेज दिया और आदेश दिया कि यदि इनकी बात सच है तो इस मामले में ट्रैप की कार्यवाही की जाए। मैंने इन सभी ड्राइवरों से विस्तार से बात की और उनकी व्यथा की गहराई में जाकर मामले को समझने की कोशिश की। तत्पश्चात थानाध्यक्ष के साथ एल.आई.यू. स्टाफ को सादे कपड़ों में भेजा तो पूरी बात वैसी ही पाई जैसी कि ड्राइवरों द्वारा बतायी गयी थी। जाँच से पाया गया कि यह एक प्रकार से भ्रष्टाचार की अति का मामला था। वर्ष 1992-93 में पाँच हजार की कीमत आज की अपेक्षा दस गुना ज्यादा थी। चालकों से इतनी बड़ी माँग करना और उनको इतने दिनों तक रास्ते में रोकना किसी तरह से न्यायोचित नहीं ठहराया जा सकता था।

यदि ए.आर.टी.ओ. का स्टाफ इन चालकों का चालान कर देता और उनसे छोटी-मोटी वसूली भी कर लेता तो शायद ये ड्राइवर पुलिस तक नहीं पहुँचते। परन्तु उनकी माँग ड्राइवरों की हैसियत से बहुत ज्यादा थी। जो नजदीक के ड्राइवर थे, उन्होंने तो अपने मालिकों को बुलवाकर छुटकारा पा लिया था किन्तु पंजाब, हरियाणा और दिल्ली साइड के ड्राइवर दूरी की वजह से अपने मालिकों को नहीं बुला पा रहे थे और तीन-चार दिन से वहीं जमा हो गए थे। इनमें से एक रिटायर्ड पुलिसकर्मी भी था, जो हिम्मत करके पुलिस तक आ गया और अन्य ड्राइवरों को भी अपने साथ बुला लिया।

जाँच से पूरी तरह आश्वस्त होने के बाद मैंने ट्रैप की योजना बनाई। हस्ताक्षर किए हुए कुछ नोट पुलिस से रिटायर्ड ड्राइवर को दिये गए और उसके साथ सादे कपड़ों में स्टाफ लगाया गया। ज्यों ही यह ड्राइवर एआरटीओ के ऑफिस पहुँचा, उसके आदमी उसे सीधे साहब के पास ले गए, जहाँ ए.आर.टी.ओ. ने बिना किसी शर्म, हिचकिचाहट या छिपा-छिपाई के वह पैसे ले लिए और बोला, ''इतने दिन से परेशान घूम रहे थे, पहले से यही काम कर लेते तो ऐसी नौबत ही क्यों आती। अपने बाकी साथियों को भी कुछ अकल दिलाओ, कितने दिनों तक वे यों ही हाईवे पर डेरा डाले पड़े रहेंगे''। जैसे ही ए.आर.टी.ओ. ने पैसे लिए, वैसे ही हमारे स्टाफ ने उसे रंगे हाथों गिरफ्तार कर लिया।

इस पूरे प्रकरण का सबसे सनसनीखेज पहलू न्यायालय में तब देखने को मिला जब ए.आर.टी.ओ. की जमानत अर्जी पर जिला जज द्वारा सुनवाई की जा रही थी। यह ए.आर.टी.ओ. क्षेत्र में इतना बदनाम था कि सभी वकीलों ने न्यायालय परिसर में ही नारेबाजी शुरू कर दी कि ऐसे बेईमान आदमी की जमानत पर सुनवाई ही नहीं की जानी चाहिए। कोई भी वकील उसकी जमानत के लिए तैयार नहीं हुआ क्योंकि यह ए.आर. टी.ओ. वकीलों से भी ड्राइविंग लाइसेंस बनाने के लिए ऊँची फीस वसूला करता था।

ऐसा नहीं है कि सभी ए.आर.टी.ओ. भ्रष्ट होते हैं, कुछ अच्छे भी होते हैं और कुछ तो अपना नुकसान उठा कर भी मदद करते हैं। किन्तु जब कोई अन्याय और भ्रष्टाचार की सीमाएँ लाँघ जाता है तो इसी तरह का इलाज कारगर होता है। अखबारों ने इस घटना को प्रमुखता से छापते हुए इसे पुलिस और जनता की जीत के रूप में प्रकाशित किया। एक अखबार ने तो यहाँ तक लिखा था ''सड़क पर पड़ रही थी डकैती!'' एक अधिकारी के लिए इससे अधिक शर्म की और क्या बात हो सकती थी!

**

दूसरे प्रकरण में बिजली विभाग की सतर्कता शाखा के एक इंसपेक्टर के खिलाफ़ शिकायत का एक मामला था। ये इंसपेक्टर पुलिस विभाग से ही प्रतिनियुक्ति पर बिजली विभाग में जाते हैं। बिजली विभाग की सतर्कता शाखा का मुख्य काम बिजली की चोरी रोकना होता है। उनको यह देखना होता है कि कहीं कोई बिजली का अनधिकृत उपभोग तो नहीं कर रहा है। इस सतर्कता निरीक्षक की भी शिकायतें थीं और वह बिजली विभाग का फायदा करने के बजाय खुद ही लाखों की अवैध वसूली कर अपने फायदे में लगा था। यह लोगों के घरों में जाकर उनके खिलाफ़ बिजली का अनधिकृत उपभोग करने के नाम पर उनके विरुद्ध मुकदमा पंजीकृत कराने की धमकी देता था और इसी एवज में उनसे पैसे वसूलता था। इस निरीक्षक के सर्वाधिक शिकार प्रतिष्ठित होटल व्यवसायी, उद्योगपति, नर्सिंग-होम संचालक, चिकित्सक आदि होते थे जो किसी भी तरह की मुकदमेबाजी के डर से तथा अपनी इज्जत व सम्मान बचाने के लिए इस सतर्कता इंसपेक्टर को हजारों रुपये की रिश्वत देकर मामला रफा-दफा कर देते थे।

कुछ लोग वास्तव में बिजली चोरी करते हैं और सरकार को बड़ा नुकसान पहुँचाते हैं। ये लोग भ्रष्ट अधिकारियों से मिलकर कुछ ले-देकर मामला रफा-दफा करा देते हैं। ऐसी स्थिति में रिश्वत देने वाला व लेने वाला दोनों खुश रहते हैं।

इसी तरह की प्रताड़ना से पीड़ित एक डॉक्टर-युगल एस.पी. सिटी, इलाहाबाद के पास पहुँचा और उन्होंने इस युगल की पूरी बात सुनकर उन्हें ट्रैप की कार्यवाही हेतु मेरे पास भेज दिया। ये नगर की एक प्रतिष्ठित महिला चिकित्सक थीं, जो अपने पति के साथ मेरे पास आयी थी। उन्होंने बताया कि लगभग एक सप्ताह पूर्व बिजली विभाग का यह सतर्कता दल शाम को लगभग चार बजे उनके क्लीनिक पर आया था और इन्होंने छापा मारा था। इस दल के प्रभारी एक पुलिस इंसपेक्टर थे और उनके साथ कुछ अन्य पुलिस कर्मी व बिजली विभाग के कर्मचारी भी थे। इन लोगों ने हमारे

क्लीनिक पर लगे तीनों मीटरों की पड़ताल की और जाँच-पड़ताल के बाद घोषित किया कि इनमें से एक मीटर बन्द पडा हुआ है और उसका सीधा कनेक्शन चालू कर बिजली की चोरी की जा रही है। सतर्कता इंसपेक्टर ने इसके बाद हमें काफी डराया एवं बताया कि पिछले कई सालों का बिल तो आपको भरना ही पड़ेगा साथ ही जुर्माना भी देना पड़ेगा व बिजली चोरी के जुर्म में जेल भी जाना पड़ेगा। बातों-बातों में इंसपेक्टर के एक आदमी ने यह भी इशारा किया कि इस मामले को ले-दे कर भी रफा-दफा किया जा सकता था।

महिला चिकित्सक ने आगे बताया, "चूँकि हम लोगों ने किसी प्रकार की भी चोरी नहीं की थी, इसलिए हमने सतर्कता दल से कहा कि जब हमने कोई गलती ही नहीं की है तो हम क्यों गलत रास्ता अपनाएँ। आखिर हम क्यों डरें?...हम तो आपको एक भी पैसा नहीं देंगे।"

डॉक्टर ने फिर कहा, "तब उस सतर्कता दल ने हमारे मीटर की बिजली काट दी, उसे सील कर दिया और उसके कुछ तार उखाड़कर अपने साथ ले गए। हमारे सामने उन्होंने एक रिपोर्ट तैयार की और हमें फिर धमकाया कि हम पुलिस में एफआईआर कराने जा रहे हैं और तुम्हारे खिलाफ़ बिना जमानती वारण्ट जारी कराएँगे और तुम लोग सीधे जेल जाओगे।" जाते-जाते उस निरीक्षक ने फिर से ऐसा इशारा किया कि अभी भी कुछ बिगड़ा नहीं था और ले-दे करके मामले को रफा-दफा किया जा सकता था।

महिला चिकित्सक के डॉ. पति ने बताया, "साहब उन्होंने हमारे साथ अपराधियों जैसा व्यवहार किया, जैसे कि हम कोई चोर-उचक्के हों। ये लोग बहुत ही अशोभनीय भाषा में बात कर रहे थे...अब आप ही बताइए, आपको क्या हम अपराधी लगते हैं? अगर ऐसा है तो हम दोनों को अभी जेल भेज दीजिये वरना सरकारी नौकरी करने वाले ऐसे जालिमों के विरुद्ध ऐसी कठोर कार्यवाही कीजिए कि भविष्य में लोग भी ऐसी हिम्मत न कर पाएँ।"

अब मैं उनकी पूरी बात समझ चुका था। मैंने एलआईयू से बिजली विभाग के इस इंसपेक्टर की आम शोहरत के बारे में जाँच करवाई। जाँच में पाया गया कि ऐसा मात्र इस डॉ. दम्पत्ति के साथ ही नहीं हो रहा था बल्कि यह इंसपेक्टर शहर में पचासों लोगों को अपना शिकार बना चुका था। मैंने डॉ. दम्पत्ति के साथ मिलकर भ्रष्टाचार में लिप्त इस इंसपेक्टर को रँगे हाथों गिरफ्तार करने की योजना बनायी। योजना के अनुसार महिला डॉ. को बिजली विभाग के सतर्कता दल से सौदा करने हेतु भेज दिया गया। जिन्होंने रिश्वत में दी जाने वाली धनराशि व समय व स्थान के बारे में बात पक्की कर ली तथा वापस आकर मुझे अवगत कराया।

तय समय पर पूर्व निर्धारित होटल में डॉ. दम्पत्ति पैसे लेकर इस इंसपेक्टर को देने के लिए पहुँचे। मेरे नेतृत्व में हमारी टीम ने सादे कपड़ों में अपना जाल पहले ही बिछाया हुआ था। अन्ततः सब कुछ हमारी बनाई योजना के अनुसार हुआ और यह निरीक्षक डॉ. दम्पत्ति से पैसे लेते हुए रँगे हाथों गिरफ्तार कर लिया गया। उस समय इंसपेक्टर के पास से पचपन हजार रुपया बरामद हुआ था।

सतर्कता विभाग के सभी कर्मी इस निरीक्षक की तरह भ्रष्ट नहीं होते। अच्छी बात तो यह थी कि पुलिस से बिजली विभाग के सतर्कता प्रकोष्ठ

में प्रतिनियुक्ति पर गये इस भ्रष्ट निरीक्षक को सलाखों के पीछे करने में भी पुलिस कर्मियों का ही हाथ था।

जिन लोगों की जिम्मेदारी बिजली चोरी रोकने की थी, वे लोग खुद ही बहुत बड़ी चोरी में लिप्त थे एवं मोटा पैसा खाकर बिजली चोरी करवा रहे थे। आश्चर्य की बात यह थी कि ऐसे लोगों में न तो किसी प्रकार की शर्म थी और न ही कोई पश्चाताप की भावना!

* * *

दरवाजे पर खड़ा संतरी
सर्दी-गर्मी और बरसात
सब भुलाकर...
खड़ा रहता है दिन भर बन्दूक ताने
ठोकता सलाम आने-जाने वाले साहबों को!

काश! साहब लोग समझ पाते
उसकी नीरस व उबाऊ जिन्दगी को
उसकी जिजीविषा की पीड़ा को!

काश! साहब लोग उसकी जगह खड़े होते
सिर्फ कुछ पल...
और देखते...
अपने अहं को उसके स्तर पर लाकर!

('मेरी डायरी' से–8 मार्च, 1990)

16

पुलिस : मिथक और यथार्थ

पुलिस व्यवस्था समाज को सुरक्षा और न्याय प्रदान करने वाली प्रमुख प्रशासनिक व्यवस्था है। हर युग में समाज को पुलिस की आवश्यकता रही है। प्रत्येक समाज में कुछ लोग ऐसे होते हैं जो समाज के द्वारा बनाए गए नियम-कानूनों के दायरे में बँधकर रहना नहीं चाहते। समाज के ऐसे ही उच्छृंखल लोगों को दण्डित करने के लिए पुलिस व्यवस्था का होना जरूरी है। इसलिए पौराणिक दिनों से लेकर चाणक्य तक व मुगल सम्राटों से लेकर आधुनिक काल तक किसी न किसी रूप में पुलिस व्यवस्था काम करती रही है। किस्से-कहानियों में तो लोकप्रिय राजा रात में खुद घोड़े पर सवार होकर गुप्तचर वेश में पुलिस व्यवस्था का ज़ायज़ा लेते हुए भी सुने जाते हैं।

पुलिस की जरूरत तो घर जैसी छोटी इकाई में भी पड़ती है। माँ-बाप हमारे पहले पुलिस अधिकारी होते हैं। कभी-कभी वो भी अपने कायदे-कानून थोपते प्रतीत होते हैं परन्तु बाद में समझ में आता है कि ऐसा वे हमारे हित में ही करते थे। पुराने जमाने में जब संयुक्त परिवार होते थे तो परिवार का मुखिया भी एक बड़ा पुलिस अधिकारी के समान ही होता था जो कुनबे के कायदे-कानून के हिसाब से संयुक्त परिवार को चलाता था एवं ज़रूरत पड़ने पर उसकी सुरक्षा योजना भी बनाता था। स्कूल-कॉलेजों के शिक्षक भी तो एक प्रकार से पुलिस वाला काम ही करते हैं, हमें अनुशासन में रहना सिखाते हैं और अनुशासन तोड़ने वालों को दण्डित

करते हैं। निःसंदेह उस समय हमें यह अच्छा नहीं लगता लेकिन बाद में समझ में आता है कि शिक्षक ऐसा हमारी भलाई के लिए ही करते थे।

आज के युग में समाज के हर आदमी का अनिवार्य रूप से पुलिस से पाला पड़ता है। शहरी जिन्दगी में तो घर से निकल कर सड़क पर आते ही ट्रैफिक पुलिस से सामना शुरू हो जाता है। कोई अप्रिय घटना घटित होती है तो तुरन्त पुलिस की याद आती है। कोई नया, अप्रत्याशित प्रसंग आड़े आता है तो भी पुलिस का स्मरण आता है। परम्परागत भारतीय समाज में जो काम समाज के बड़े-बूढ़े और पढ़े-लिखे लोग करते थे, उन्हें पूरा करने की दरकार आज पुलिस से की जाती है। जाहिर है कि जब परम्परागत संबल अप्रासंगिक हो गए हों, ऐसे में नए संबल के रूप में पुलिस के प्रति लोगों की अपेक्षाओं और उनके दृष्टिकोण में भी फर्क आना ही था।

एक और क्षेत्र में पुलिस की भूमिका दिनों-दिन बढ़ती चली जा रही है। लोकतांत्रिक व्यवस्था में अपनी समस्याओं को लेकर लोग-बाग प्रतिदिन धरना, प्रदर्शन, आन्दोलन आदि करते रहते हैं। समस्या चाहे पानी को लेकर हो या बिजली अथवा सफाई या फिर सड़क निमार्ण को लेकर, जनता का कोप भाजन पुलिस ही बनती है। यधपि इन समस्याओं का सीधे-सीधे पुलिस से कोई लेना-देना नहीं होता किन्तु शांति व्यवस्था बनाये रखने या जाम आदि खुलवाने हेतु सरकार के प्रतिनिधि के रूप में पुलिस ही जनता के सामने होती है। अन्ततः जनता को पुलिस ही सभी व्यवस्थाओं के लिये दोषी दिखाई पड़ती है।

पुलिस के बारे में ढेर सारे किस्से-कहानियाँ प्रचलित होते हैं-जिनमें से कुछ सत्य होते हैं तो कुछ एकदम मिथ्या। आजकल पुलिस की कार्यशैली पर बहुत फिल्में बनी हैं। आम आदमी के मन में पुलिस की जो छवि होती है, उसमें बड़ी भूमिका इन फिल्मों की भी होती है। फिल्मों ने पुलिस की आम छवि ऐसी है कि 'पुलिस हमेशा लेट पहुँचती हैं'। पुलिसकर्मी को या तो हँसी का पात्र बनाया जाता है या उसे भ्रष्टाचार में लिप्त अथवा असामाजिक तत्वों से साँठ-गाँठ करने वाले के रूप में दिखाया जाता है या

फिर निष्ठुर इंकाउण्टर स्पेशलिस्ट के रूप में प्रस्तुत किया जाता है। इनमें से अधिकांश बातें सच नहीं हैं। फिल्मों में तो निर्देशक पुलिस को घटनास्थल पर इसलिए लेट पहुँचाते हैं क्योंकि इसमें मुख्य भूमिका नायक को करनी होती है–अतः नायक की भूमिका पूरी होने पर ही पुलिस को पहुँचाया जाता है। यदि पुलिस पहले पहुँच गयी तो नायक बेचारा किस बात का नायक रहेगा।

पुलिस कोई हर जगह तो मौजूद हो नहीं सकती-घटना की सूचना मिलने पर ही पुलिस घटना स्थल के लिए चलती है–सूचना मिलने पर कितनी देर में पुलिस पहुँचती है, यही उसकी दक्षता का पैमाना है, फिर भी मेरा मानना है कि आधुनिक उपकरणों एवं वाहनों की बढ़ती उपलब्धता के कारण पुलिस के रिएक्शन-टाइम व रिस्पॉन्स-टाइम में सुधार हुआ है। अफसोस की बात यह है कि कई मौकों पर समय से पहुँचकर अच्छी कार्यवाही करने वाली पुलिस का मीडिया में जिक्र नहीं हो पाता, जबकि यदि किसी संवेदनशील क्राइम में पुलिस के पहुँचने में थोड़ा-सा विलम्ब हो जाता है तो उसे मीडिया द्वारा बढ़ा-चढ़ाकर प्रस्तुत किया जाता है। ताकि उनकी टी.आर.पी. बढ़ सकें। इससे भी पुलिस की छवि खराब होती है।

कई बार लोगों को कहते हुए सुना जाता है कि 'पुलिस अपराधियों से मिली होती है या पुलिस ही अपराध करवाती है'। हो सकता है इन बातों में थोड़ी सी सच्चाई हो, परन्तु सामान्यतः कोई भी पुलिस अधिकारी जानबूझ कर अपराध नहीं करवाता। अपराध होने पर उसे जनता का–उच्च अधिकारियों का तथा मीडिया का कोप-भाजन बनना पड़ता है। इसलिए यह सोच मिथ्या है। पर कुछ हद तक इसे सच इसलिए कहा जा सकता है कि छोटे-मोटे मामलों में धन-बल या बाहु-बल के कारण कभी-कभी पुलिस अपराधियों के प्रति नरम दिखाई देती है या उनके बगल में खड़ी दिखाई देती है–जिससे अन्ततः अपराध को बढ़ावा मिलता है। परन्तु इस बात में सौ प्रतिशत सच्चाई है कि पुलिस अपराध कभी खुद नहीं करवाती है।

कई लोग कहते हैं, 'पुलिस सब बदमाशों को जानती है...वो चाहे तो मिनटों में चोरों-डकैतों को पकड़ सकती है...' यह सोच भी सही नहीं है। हर पुलिस अधिकारी अपने क्षेत्र में घटित अपराध का शीघ्रातिशीघ्र अनावरण करना चाहता है। यह उसकी कार्यदक्षता है कि वह कितनी जल्दी ये सब कर पाता है। कई बार भाग्य, नियति एवं इत्तेफ़ाक की भी बात होती है...कठिन से कठिन केस कभी-कभी बहुत जल्द सुलझ जाते हैं और बहुत सीधे-सरल केस भी अत्यधिक मेहनत के बावजूद अनावरित नहीं हो पाते। इसलिए पुलिस को लेकर ऐसी धारणा भी आधारहीन है।

पुलिस के बारे में लोगों की एक आम धारणा यह भी है कि पुलिस अत्यधिक भ्रष्ट है, जो पूर्णतः सत्य नहीं है। पुलिस भी समाज का ही एक अंग होती है, बल्कि समाज का ही आईना होती है। समाज से ही पुलिसकर्मी आते हैं और समाज में ही ड्यूटी करते हैं इसलिए सामाजिक गतिविधियों से वे अछूते नहीं रह पाते। चूँकि भारतीय समाज विकासशीलता के दौर से गुजर रहा है, ऐसे दौर में भ्रष्टाचार समाज में काफी हद तक व्याप्त रहता है। अन्य विकासशील देशों की भाँति ही हमारे देश में भी भ्रष्टाचार समाज में व्याप्त है। परन्तु पुलिस सबसे अधिक भ्रष्ट है, यह बात बिल्कुल भी सत्य नहीं है। ऐसे बहुत से विभाग हैं जो कहीं अधिक भ्रष्ट हैं किन्तु वहाँ पर सरकारी धन की बन्दरबाँट होती है...वहाँ बड़े लोगों द्वारा बड़े स्तर का भ्रष्टाचार किया जाता है, जहाँ लाखों और करोड़ों के खेल खेले जाते हैं। इसमें रिश्वत देने वाले व लेने वाले दोनों का फायदा होता है और क्षति सरकार की होती है, आम आदमी को इससे सरोकार नहीं होता है। पुलिस की तरह इन लोगों की सीधी सामाजिक जवाबदेही न होने के कारण भ्रष्टाचार का संदेश जनता तक नहीं पहुँच पाता है।

जबकि पुलिस में जो भ्रष्टाचार है, वह बहुत छोटे दर्जे का है, भारी धनराशि का नहीं है। परन्तु अफसोस इस बात का है कि यह भ्रष्टाचार पीड़ित आदमी से किया जाता है। चोरी, डकैती, लूट में मुंशी जी द्वारा रिपोर्ट दर्ज कराने पर माँगी जाने वाली राशि हो या फिर छोटे-छोटे यातायात से सम्बन्धित भ्रष्टाचार जिसमें चालान न करके 50-100 रुपये

लेने की बात आती है, दोनों मामलों में गरीब आदमी अपना पेट काटकर पैसा देता है, इसलिए उसे खलता है। खुली सड़क पर ली गई धनराशि पीड़ित व्यक्ति अथवा आम आदमी से ली जाती है जो सबको दिखती है इसलिए चर्चा का मुद्दा बन जाती है तथा समाज में उसे सबसे अधिक भर्त्सना सहनी पड़ती है। किन्तु जो भारी भ्रष्टाचार बन्द कमरों में होता है, वह दिखता नहीं है, इसलिए आम जनता में उसकी चर्चा कम होती है। मैं किसी भी रूप में पुलिस द्वारा किए जा रहे भ्रष्टाचार को माफ करने के पक्ष में नहीं हूँ। पुलिस को यदि अपनी छवि सुधारनी है तो उसे इस छोटे स्तर पर किए जा रहे भ्रष्टाचार पर भी अंकुश लगाना पड़ेगा। पहले से ही पीड़ित और गरीब व्यक्ति के प्रति तो विशेष रूप से और भी संवेदनशील बनना होगा, जिससे उनमें पुलिस के प्रति विश्वास की भावना जागृत हो सके।

पुलिस में व्याप्त भ्रष्टाचार के बारे में यह भी कहा जाता है कि पैसा ऊपर के अधिकारियों तक जाता है, जो सही नहीं है। जब पुलिसकर्मी सड़क पर भ्रष्टाचार करता है तो अपने को सही ठहराने के लिए इस तरह का प्रचार करता है। अधिकारी स्तर पर बहुत ही कम ऐसे लोग होते हैं, जो इस तरह के निकृष्टतम भ्रष्टाचार में लिप्त होते हों और अपने अधीनस्थों से पैसे वसूलते हों या पैसा वसूलने के लिए कहते हों। सामान्यतः सभी अच्छे पुलिस अधिकारी इस तरह का भ्रष्टाचार रोकने का अपने दिल से प्रयास करते हैं परन्तु कुछ प्रतिशत लोग इस विभाग में भी ऐसे हैं जो ऊँचे पदों पर बैठे हैं और इस तरह के भ्रष्टाचार में भागीदार होते हैं।

आजकल पुलिस पर राजनीतिक दबाव की चर्चायें भी बहुत होती हैं। हम लोकतांत्रिक व्यवस्था में काम कर रहे हैं। ऐसे में हमें जनप्रतिनिधियों की बात तो सुननी ही होगी। कई बार पुलिसकर्मी सचमुच की ज्यादती भी कर देते हैं और उच्च अधिकारी भी समस्या का निराकरण नहीं करते तो देखा गया है कि जनता की आवाज के रूप में जनप्रतिनिधियों के कहने पर भी ठीक कार्यवाही हो जाती है। यहाँ तक तो यह लोकतांत्रिक व्यवस्था का सही चेहरा है परन्तु समस्या यह हो गई है कि आजकल इसके विकृत रूप

दिखाई पड़ रहे हैं। कई लोग अपने निहित स्वार्थों की पूर्ति हेतु पुलिस पर गलत कार्य करने का दबाव डालते हैं। इसमें कमी पुलिस वालों की भी होती है। क्योंकि दबाव डालने वाला भी उसी सीमा तक दबाव डालता है जितना पुलिस अधिकारी लेता है। इसका सबसे विकृत रूप तो तब सामने आता है जब पुलिस अधिकारी और जनप्रतिनिधि दोनों निजी स्वार्थों की पूर्ति हेतु साँठ-गाँठ कर लेते हैं। ऐसे में सचमुच गरीब और असहाय लोगों को सहना पड़ता है तथा गुण्डों-अराजक तत्वों की पौ-बारह हो जाती है। यद्यपि ऐसा बहुत कम ही होता है। लोकतंत्र में जनप्रतिनिधि व पुलिस अधिकारी दोनों की अपनी-अपनी जिम्मेदारी है व जवाबदेही है–दोनों यदि सही काम करते हैं तो जनता का भला होता है। परन्तु दोनों यदि साँठ-गाँठ कर गलत काम करते हैं तो जनता त्राहि-त्राहि कर उठती है।

दिल्ली में पुलिस को 'ठुल्ला' कहकर पुकारा जाता है! यह शब्द सम्भवतः निठल्ला से बना है। लोगों को चौराहे पर पुलिसकर्मी बैठे दिखायी देते हैं...उन्हें लगता है कि वे कोई काम नहीं करते...पर यह सोच सही नहीं है। अखिल भारतीय आंकड़ों के अनुसार एक पुलिसकर्मी औसतन 13 घण्टे की ड्यूटी करता है। 12 घण्टे की ड्यूटी तो उसकी कागजों पर ही लगती है–फिर बहुत सारी आपात्कालीन ड्यूटियाँ भी उसे करनी पड़ती हैं। पुलिसकर्मी और चाहे जो हों, पर वे निठल्ले तो बिल्कुल भी नहीं हैं।

पुलिस के सामने समस्याएँ भी बहुत हैं सबसे पहले अपने धरों से दूर, अत्यधिक लम्बी ड्यूटी : वो भी अति कठिन परिस्थितियों में जहाँ न उन्हें समय पर खाना मिल पाता है और न ही सोने की सुविधा-फिर उनके काम करने और रहने के हालात भी अत्यन्त विषम हैं। पुलिस कर्मियों के काम की प्रकृति ही ऐसी है कि वे सारा समय तनाव में रहते हैं–दिन भर किसी न किसी से उलझना पड़ता है–ऐसे में उनका स्वभाव अत्यन्त चिड़चिड़ा हो जाता है। चाहे वाहन चैकिंग हो या बाहरी व्यक्तियों का सत्यापन अथवा वारण्टों की तामीली। इन सभी कार्यों में पुलिस को आलोचना का ही शिकार होना पड़ता है। अनुशासन में रहना प्रायः लोगों को अच्छा नहीं लगता। बिना लाइसेंस के वाहन चलाने वाले स्वयं तो कानून का उल्लंघन करते हैं

किन्तु चालान की कार्यवाही पर एक नहीं अनेक लोग पुलिस को ही चालान करने का दोषी मानते हैं। पुलिस के कार्यों की प्रकृति ही ऐसी है कि उसकी आलोचना होना स्वाभाविक है।

बढ़ती जनसंख्या के अनुपात में पुलिस में बढ़ोत्तरी नहीं हो पा रही है। पूरे देश में दिनों-दिन शहरीकरण, औद्योगीकरण बढ़ रहा है, जिस कारण अपराध का ग्राफ भी बढ़ रहा है; साथ ही साथ कानून व्यवस्था की समस्याएँ भी बढ़ रही हैं। विकसित देशों में जहाँ प्रति एक हजार जनसंख्या पर सात से आठ पुलिस कर्मी तैनात हैं, वहीं हमारे देश में यह संख्या 1.3 के आस-पास है। स्वाभाविक है कि हमारे देश में पुलिस बहुत ही ज्यादा काम के दबाव में रहती है।

पुलिसकर्मी जनता की सुरक्षा के लिए जहाँ जाड़ों की रातों में गली-कूचों में सीटी बजाते घूमता फिरता है, वहीं जून की तपती लू में चौराहों पर खड़ा होकर यातायात नियंत्रित करता है। जब बाकी सभी लोग अपने घरों में त्योहार मनाते हैं तब भी वह अपने परिवार को छोड़कर चौराहों पर ड्यूटी करता है। लोगों के त्योहार शांति से मनें, इसके लिए वह अपने त्योहारों को भूल जाता है। यह एक प्रकार की विडम्बना ही है कि इस प्रकार की कठिन परिस्थितियों में अपने दायित्वों का निर्वहन करने वाला पुलिसकर्मी कभी-कभी एक छोटी-सी गलती से पूरे समाज के गुस्से का शिकार बन जाता है। काश, उसके त्याग के अनुरूप सामाजिक प्रतिष्ठा ही उसे मिल पाती...!

एक उल्लेखनीय बात यह भी है कि पुलिस-कर्मियों की कोई यूनियन नहीं होती, उन्हें हड़ताल का अधिकार नहीं होता। आम तौर पर प्रतिवर्ष चार से पाँच प्रतिशत पुलिसकर्मी निलम्बित होते हैं और दण्ड पाते हैं, जबकि अन्य किसी विभाग में एक हजार में से एक आदमी को दण्ड देना भी टेढ़ी खीर साबित होता है। अन्य विभागों में बड़े-बड़े अनुशासनहीनता एवं भ्रष्टाचार से सम्बन्धित प्रकरणों में यूनियनें आगे आकर हड़ताल, नारेबाजी आदि करने लगती हैं। यही कारण है कि स्कूलों में अध्यापक नहीं आते, अस्पतालों में डॉक्टर नहीं मिलते, कार्यालयों में सारा स्टाफ़ एक जगह

बैठकर गप्पें लड़ाने में व्यस्त रहता है, फिर भी आम आदमी उन्हें भ्रष्ट और असामाजिक नहीं समझता।

पुलिस के सामने सबसे बड़ी समस्या तो उनकी जरूरत से ज्यादा जवाबदेही की है। उन्हें एक से ज्यादा स्तरों पर जिम्मेदार ठहराया जाता है। कभी-कभी तो लगता है कि आज के परिवेश में हर कोई पुलिस का बॉस है चाहे वो वरिष्ठ आई.ए.एस. अधिकारी हो या वरिष्ठ आई.पी.एस. अधिकारी...चाहे राजनीतिज्ञ हों या न्यायिक अधिकारी सभी के प्रति पुलिस जवाबदेह है। फिर जितने भी माननीय न्यायिक आयोग हैं उन सब के प्रति भी पुलिस जवाबदेह है। आज की तारीख में सबसे अधिक जवाबदेही तो मीडिया व जनता के प्रति है। कभी-कभी यह सब इतना ज्यादा हो जाता है कि एक अदना-सा पुलिसकर्मी इन सबके बोझ से अपना नियंत्रण खो बैठता है और फिर सचमुच की गलतियाँ कर बैठता है।

आज पुलिस की बीस साल की सेवा के बाद मेरा मानना है कि जिन आदर्शों के साथ मैंने पुलिस सेवा शुरु की थी, उनमें से बहुत को प्राप्त करना मुश्किल तो है परन्तु असम्भव नहीं है। साथ ही यह भी कहना चाहूँगा कि आज समाज को एक संवेदनशील, प्रभावशाली एवं जनता के प्रति जिम्मेदार पुलिस की जरूरत है। इस किताब को पढ़कर यदि आम आदमी को पुलिस के अन्दर झाँककर देखने का मौका मिलेगा जिससे उसका आत्मविश्वास बढ़ेगा और वह अपनी अपेक्षाओं और आकांक्षाओं के अनुरूप पुलिस व्यवस्था लागू कराने में कामयाब हो सकेगा तो मैं समझूँगा कि मेरे प्रयास सफल हुए हैं।

* * *

आभार

इस किताब को वर्तमान स्वरूप देने में बहुत लोगों ने मेहनत की है। सबसे पहले मैं विभिन्न नियुक्तियों में अपने साथ कार्यरत रहे उन सभी पुलिसकर्मियों को धन्यवाद देना चाहूँगा, जिनके साथ मिलकर मैंने पुलिसिंग की है। ये सब इन कहानियों के अंग हैं। किताब में सबके नाम आ पाना सम्भव नहीं था परन्तु सच यही है कि इन सभी साथी पुलिसकर्मियों के सहयोग एवं उनकी कर्मशीलता के कारण ही मैं पुलिस में रहकर लोगों की मदद कर पाया हूँ। मैं विभिन्न कथानकों में वर्णित उन सभी पात्रों/चरित्रों का भी अभारी हूँ, जिन्होंने मेरे मन में मानवीय संवेदनाएँ जगाईं और मुझे अपनी डायरी और किताब लिखने हेतु प्रेरित किया।

पिछले बीस वर्षों की पुलिस सेवा में मैंने अपने वरिष्ठ अधिकारियों से पल-पल एवं कदम-कदम पर बहुत-कुछ सीखा है। मैं इन सब लोगों का हृदय से आभार व्यक्त करता हूँ क्योंकि आज मेरी जो भी उपलब्धियाँ हैं वह इन लोगों के बिना सम्भव नहीं हो सकती थीं। विशेष रूप से मैं अपने ट्रेनिंग के दिनों के एस.एस.पी. श्री वी.एन. राय और श्री आर.के. भाटिया का आभारी हूँ जिन्होंने शुरू से मुझे मानवीयता की एवं जमीनी हकीकतों को जानने की सीख दी। मेरा धन्यवाद अपने समकक्ष अधिकारियों को भी जिन्होंने मुझे हमेशा अच्छा करने के लिए प्रेरित किया। मुझे उनकी सकारात्मक आलोचना व स्वस्थ प्रतिस्पर्धा का भी फायदा मिला, जिससे मेरे कदम रास्ता भटकने से पहले ही सही दिशा की ओर मुड़ गए।

मैं श्री वी.सी. गोयल, भा.पु. से (उ.प्र. 1975) का भी हृदय से आभारी हूँ जिनकी पुस्तक 'The power of ethical policing' ने मुझे एक सकारात्मक पुस्तक लिखने के लिए प्रेरित किया।

मैं श्री प्रकाश सिंह जी, जो मेरी नियुक्ति के समय उत्तर प्रदेश के पुलिस महानिदेशक थे, का भी विशेषतौर पर आभार प्रकट करता हूँ, जिनको मैंने अपनी इस पुस्तक का मसौदा प्रेषित किया और मुझे आश्चर्य हुआ जब उन्होंने कहा कि यह पुस्तक वास्तव में बहुत अच्छी है। उच्च पदों पर आसीन रह चुके अधिकारी से इस प्रकार के शब्दों को सुनकर पुस्तक की सफलता के बारे में आश्वस्त हुआ।

श्री सुनील कृष्णा, महानिदेशक (जाँच), मानव अधिकार आयोग के शब्दों ने भी मुझे बहुत प्रेरित किया। उन्होंने पुस्तक की भूरि-भूरि प्रशंसा की और कहा कि यह पुस्तक पुलिस को मानवीय ढंग से कार्य करने तथा मानवाधिकारों की रक्षा करने में पुलिसकर्मियों की सहायता करने में काफी सफल सिद्ध होगी।

इस किताब को लिखने में भी बहुत से लोगों ने मेरा साथ दिया है। मेरे बहुत से दोस्तों, जैसे–हरि, राजेश अग्रवाल, राजेश निझावन, अरविन्द, गौरव और मनोज आदि ने मेरी किताब के ड्राफ्ट पढ़कर इसका आलोचनात्मक मूल्यांकन किया। उनके सुझावों को मैंने समायोजित तो किया ही, साथ ही मुझे दोस्तों की टिप्पणियों से विश्वास भी हुआ कि यह पुस्तक रोचक बनेगी।

मैं चंचल जी का भी विशेष आभारी हूँ, जिन्होंने मेरे अनुरोध पर द्वितीय संस्करण के लिए अत्यन्त ही भावात्मक रेखाचित्र उपलब्ध कराए। एक-एक रेखाचित्र को देखकर ही कहानी की रूपरेखा स्पष्ट होने लगती है।

हिन्दी के सुप्रसिद्ध लेखक श्री बटरोही जी का विशेष आभार व्यक्त करना चाहूँगा जिन्होंने शुरू से मेरा आत्मविश्वास बढ़ाया व कई मूल्यवान सुझाव दिए। इसके अतिरिक्त हिन्दी साहित्य-जगत के कई अन्य लोगों के भी बहुमूल्य सुझाव मिले, जैसे–विनोद शुक्ला जी, बल्ली सिंह चीमा जी, गम्भीर सिंह पालनी जी आदि। मैं इन सभी का भी हृदय से आभारी हूँ। गढ़वाल विश्वविद्यालय के डॉ. सती एवं डॉ. बिष्ट ने भी पुस्तक की सकारात्मक आलोचना करते हुए अत्यन्त उपयोगी सुझाव दिए, जिनसे निःसन्देह पुस्तक की गुणवत्ता बढ़ी है। 'शिल्पायन' प्रकाशन दिल्ली के

श्री ललित शर्मा जी का भी मैं आभारी हूँ, जिन्होंने प्रकाशन के सम्बन्ध में शुरू से सहयोग दिया। पुस्तक को बढ़ाने में सहयोग के लिए मैं अविनाश जी एवं अतुल लहरिया को भी धन्यवाद देना चाहूँगा।

मैं श्री सिद्धार्थ शंकर त्रिपाठी जी का भी दिल से आभार व्यक्त करना चाहता हूँ जिन्होंने हिंदी ब्लॉग-जगत तक इस पुस्तक को पहुँचाने में मेरी मदद की।

आखिर में मैं महेश चन्द्र चन्दोला जी को धन्यवाद देना चाहूँगा, जिन्होंने कार्यालय समय के अतिरिक्त समय में देर रात तक मेहनत कर इस पुस्तक को लेखबद्ध करने तथा सुधार करने में मेरी सहायता की है।

●●●